Petra Weise

Ich will doch nur helfen!

Roman

Bibliografische Information der Deutschen Nationalbibliothek
Die Deutsche Nationalbibliothek verzeichnet diese Publikation in der Deutschen
Nationalbibliografie; detaillierte bibliografische Daten sind im Internet über
http://dnb.dnb.de abrufbar

Titelbild: Aquarell Petra Weise
Herstellung und Verlag: BoD – Books on Demand, Norderstedt

ISBN: 9-783746-043487

–

Menschen werden nicht wegen
ihres edlen Charakters geliebt

und nur selten wegen
ihrer Gemeinheiten verabscheut.

Inhalt

Daniel

„Ich habe etwas über deinen Bruder herausgefunden", flüstert mir Nicole ins Ohr und tut sehr geheimnisvoll.

Was soll an Daniel geheimnisvoll sein? Er ist einfach nur langweilig und lebt seit nunmehr zwanzig
Jahren in Argentinien. Warum er dort lebt, weiß ich
nicht, ich habe ihn nie gefragt. Daniel war schon
immer sehr verschwiegen. Er sprach nicht gern,
schon gar nicht über seine Gedanken und Pläne.
Als ich klein war, habe ich ihn eine Zeitlang bewun-
dert, doch nicht lange. Was ich ihn auch fragte, er
antwortete selten mehr als ein Ja oder Nein. Also
machte ich es bald wie all die anderen Leute und
beachtete ihn nicht.

Mich packt auf einmal das schlechte Gewissen,
weil ich überhaupt keine Vorstellung von seinem
Leben in Argentinien habe. Immerhin ist er mein
Bruder.

„Du weißt, was er in Argentinien macht?", frage ich.
„Nein, das weiß ich nicht. Ich rede von früher, als
er noch klein war."

Ich weiß nicht, wie er war, als er noch klein war.
Daniel ist zehn Jahre älter als ich, ich kann mich
kaum an ihn erinnern, weil er als Kind irgendwie
unsichtbar war. Er schaute stundenlang aus dem
Fenster. Das ist das Bild, das ich noch heute von

ihm habe: ein großer Junge, der stumm aus dem Fenster schaut. Ich weiß nicht, was er dort sah oder worauf er wartete. Vermutlich auf Oma, die ihn oft in den Ferien und an den Wochenenden mitnahm in ihre Wohnung im Nachbardorf. Dort spielte sie Halma mit ihm, während meine Schwester Jenni und ich mit den Eltern ins Kino gingen oder in den Tierpark oder ans Meer fuhren.

Daniel war bei keinem unserer Ausflüge dabei. Ich weiß nicht, warum er lieber bei Oma war als bei uns.

Ich mochte ihn nicht, auch Vater konnte ihn nicht leiden. Deshalb hielt sich Daniel immer in seinem Zimmer auf, wenn Vater daheim war.

Die Eltern wohnen noch heute im neuen Haus. Eigentlich ist es kein neues Haus. Es heißt nur so, weil es das erste der neuen Siedlung am Waldrand war. Ich wuchs in diesem Haus auf und bin inzwischen zweiunddreißig Jahre alt. Meine Schwester Jenni ist ein Jahr jünger als ich und Daniel zehn Jahre älter. Wir sprechen nicht über ihn, aber ich weiß, dass Oma über WhatsApp Kontakt zu ihm pflegt. Mich interessiert das alles nicht.

Trotzdem frage ich Nicole: „Was hast du denn herausgefunden?"

„Alle im Dorf wissen es."

„*Was* wissen alle?", hake ich ungeduldig nach.

„Das möchtest du gern wissen, was? Habt ihr daheim nie darüber gesprochen?"

„Worüber denn?"

Diese Geheimnistuerei geht mir auf die Nerven. Sie soll reden oder es bleiben lassen.

„Wenn du nicht bald redest, will ich es gar nicht mehr wissen", gebe ich verärgert zurück.

„Dann eben nicht." Nicole geht ein paar Schritte zur Seite. Dann dreht sie sich um und schaut mich triumphierend an. „Er ist ein verbotenes Kind."

Daniel ist kein Kind. Er ist schon über vierzig Jahre alt. Ein Kind kann nicht verboten sein, maximal etwas Verbotenes *tun*. Daniel tat nie etwas Verbotenes. Er war sogar braver als Jenni, die niemals Widerworte gab. Jenni war im Dorf beliebt, Daniel nicht. Auch ich mochte ihn nicht. Er war langweilig. Außerdem kenne ich ihn kaum, weil er nicht bei uns wohnte, sondern weit entfernt in einem Internat. Wir sahen uns nur in den Ferien.

Ich war Vaters Lieblingskind, Jenni mehr das von Mutter. Daniel war niemandes Liebling.

Vater spricht nicht gut über Daniel, eigentlich gar nicht. Auch Mutter erwähnt ihn niemals. Als Kind machte ich mir keine Gedanken darüber, weil ich es nicht anders kannte. Erst später, als Daniel nach Argentinien ging, wollte ich wissen, warum er fortging und was er dort macht. Aber da war es zu spät. Er war nicht mehr da und keiner konnte oder wollte meine Fragen beantworten.

Kindheit

Ich lebe nicht im Dorf meiner Kindheit. Ich lebe in der Stadt und besuche nur einmal im Monat meine Eltern. Im Dorf habe ich keine Freunde, weil ich als Kind nicht draußen spielte. Ich wollte lieber lesen. In den meisten Romanen haben die Personen viele Freunde, nicht immer nette Familien, aber immer gute Freunde. Ich hatte keine Freunde. Ich hatte Bücher.

Nie kicherte ich wie die anderen Mädchen, nie wollte ich von den Jungs geschubst und an den Haaren gezogen werden. Ich wollte auch nie durch Pfützen laufen, weil das die Schuhe nass macht und der Schmutz an die Hose spritzt.

„Eingebildete Zicke!", nannten sie mich und tun es noch heute. Im Grunde sollte es mir egal sein, was die Leute denken und wie sie mich nennen. Aber es ist mir nicht egal. War es nie.

Ich bin *die aus der Stadt.* Jenni lebt ebenfalls in der Stadt, aber alle nennen sie *eine von uns.* Während ich bei den Eltern im Haus sitze, besucht sie ihre Freundinnen, die im Dorf geblieben sind. Jenni ist ständig mit irgendwelchen Freunden zusammen. Ich nicht. Ich lese. Ohne Bücher kann ich nicht leben. Meine Wohnung ist vollgestopft mit Büchern.

„Du lebst nicht wirklich, du lebst nur in deinen Büchern", hörte ich oft.

Das Dorf, in dem ich aufwuchs und in dem meine Eltern heute noch leben, ist winzig. Es hat keine Mitte, keinen Dorfplatz und keine Kirche – nur eine Straße mit kleinen verwinkelten Häusern, einem Bauernhof und der neuen Siedlung oben am Waldrand. Der Gasthof ist seit Jahren geschlossen, die Leute trinken ihr Bier lieber daheim.

Vater war der erste, der am Waldrand baute. Erst vor etwa zehn Jahren entstand die Waldsiedlung, die jedes Jahr wächst. Unser Haus fällt zwischen den modernen Architekturhäusern auf, weil es ein traditionelles Spitzdach und einen Holzbalkon am Giebel hat. Die neuen Häuser haben Flachdächer und Wände aus Glas.

Ich weiß bis heute nicht, warum meine Eltern in dieses verlassene Kaff gezogen sind und begreife nicht, warum sie immer noch hier leben. Leben ist stark übertrieben, denn hier gibt es nichts. Gar nichts. Nur eine feuchte Wiese und dahinter den Wald. Kein Geschäft, keine Schule.

Vater ist Gymnasiallehrer und fährt täglich die fast zwanzig Kilometer in die Stadt, Mutter arbeitet in der Gemeindeverwaltung, zu der sieben Ortschaften gehören.

Anfangs fühlte ich mich wohl im Dorf. Ich hatte ein eigenes Zimmer und alle Freiheiten der Welt. Wir Dorfkinder rannten über die Wiesen bis hinüber zum Wäldchen, bauten Dämme am Bach und fingen Wildkätzchen. Als ich lesen konnte, brauchte ich den Wald nicht mehr. Ich war oft so in ein Buch vertieft, dass ich in der Geschichte komplett versank. Ich fühlte nichts um mich herum, hörte nichts, sah nichts – ich las. Ich wollte in der Stadt leben, wo die Schule war und es Bibliotheken und Buchhandlungen gibt. Ich bin immer sehr gern zur Schule gegangen und lerne auch heute noch gern, weshalb ich an jeder Weiterbildung teilnehme. Nach Abschluss der zehnten Klasse habe ich Mediengestalter gelernt und bin in der Stadt geblieben.

Auch Jenni lebt in der Stadt. Anfangs teilten wir uns eine kleine Wohnung, gingen zusammen ins Kino und Eis essen. Überall, wo wir waren, fiel meine Schwester auf. Manche Männer blieben sogar stehen, um ihr nachzuschauen. Jenni ist blond, größer als ich und sehr schlank. Doch das ist es nicht, weshalb sie von den Männern angestarrt wird. Es ist ihre Art, sich zu bewegen, sie geht nicht, sie schwebt – und das auf halsbrecherisch hohen Absätzen. Ich dagegen trage praktische flache Turnschuhe. Hinzu kommt Jennis einzigartige Stimme. Sie ist tiefer als meine und klingt wie Samt und Honig. Eigentlich wollte sie Sängerin werden. Aber keiner lobte ihre Stimme, sondern immer nur ihr unglaublich gutes Aussehen. Doch Jenni wollte nicht auf ihr Aussehen reduziert werden. Deshalb trug sie ihre Haare rappelkurz, färbte sie orangebraun und trug nur noch Männerkleidung. Drei Jahre lang. Erst, seit sie mit Olaf zusammen ist, wagt sie es wieder, sich als die schöne Frau zu zeigen, die sie ist. Sie versteckt sich nicht mehr. Heute wohnen wir nicht mehr zusammen. Wie sehen uns selten, wir telefonieren oder schicken uns kurze Nachrichten auf WhatsApp.

*****

Ich war sehr klein und dünn und Jenni schnell größer als ich, obwohl sie jünger ist. Mutter sagte, das liegt daran, weil ich so mäkelig bin. Ich mochte kein Fleisch und keine Wurst, nur Kartoffeln mit etwas Soße oder Brot mit etwas Butter. Deshalb schickte man mich, bevor ich in die Schule kam, zum Aufpäppeln in ein Kinderheim. Ich freute mich auf die fremde Gegend an einem Meer, das ich bis dahin nicht kannte. Auch Heimweh kannte ich nicht, zumindest nicht am Anfang. Weil ich unbedingt zunehmen sollte, sollte ich täglich viel essen, vor allem Fleisch und Mehlspeisen, was ich beides nicht mochte. Mir wurde schon übel, wenn ich den vollen Teller sah.

„Du isst alles auf!", befahlen die Erzieher und Krankenschwestern. „Eher stehst du nicht vom Tisch auf!"

Ich saß also stundenlang ganz allein im großen Speisesaal, während die anderen Kinder draußen spielten oder am Strand entlangliefen. Seit dieser Zeit mag ich die See nicht, sie ist untrennbar mit meinen schlimmen Erinnerungen im Kinderheim verbunden.

Ich wurde misstrauisch und glaubte niemandem mehr. Meine Eltern hatten mir versprochen, dass mir die Zeit im Kinderheim gefallen wird. Aber das stimmte nicht. Es waren acht grauenvolle Wochen, in denen ich mich Nacht für Nacht in den Schlaf weinte.

Ich bin seit meinem zehnten Lebensjahr kurzsichtig und trage eine Brille. Mama sagt, das sei allein meine Schuld, ich hätte mir vom vielen Lesen die Augen verdorben. Ich habe haselnussbraune Haare, meine Schwester blonde Locken. Sie war die Niedliche, alle Leute mochten sie. Ihren Namen Jennifer konnte ich anfangs nicht aussprechen, weil er so lang ist. Ich nannte sie Jenni und dabei blieb es bis heute, obwohl Jenni ihren *Babynamen* nicht mag.

Meinen Namen spricht sie immer voll aus: Melanie. Alle anderen nennen mich Melli, was ich viel netter finde. Melanie erinnert mich an **Melan**cholie, das Dunkle. Mein Name bedeutet tatsächlich die Dunkle und Nachdenkliche und passt zu mir, weil meine Haare dunkel sind und ich rund um die Uhr nachdenke – auch nachts.

Jenni denkt nicht nach. Sie ist laut und fröhlich und

kann alles so nehmen, wie es kommt. Alle Leute sind freundlich zu ihr und sie ist zu allen freundlich. Immer. Nur zu mir nicht. Sie sagt, ich sei schwierig, weil ich so still und kritisch bin.

Als Kind wollte Jenni jeden Tag Vater-Mutter-Kind spielen, doch dazu hatte ich keine Lust mehr, als ich lesen konnte. Ich wollte in fremde Geschichten steigen und auf diese Weise Abenteuer erleben, die ich selbst nie erleben würde. Märchen mochte ich nicht, sie waren mir zu grausam und hatten nichts mit der wirklichen Welt zu tun. Es sollte eine gute wirkliche Welt sein. Deshalb konnte ich nicht wie Jenni über Tom und Jerry lachen. Ich fand die Maus schrecklich gemein.

„Du verstehst überhaupt keinen Spaß! Das ist doch nur ein gezeichneter Film!", empörte sich Jenni.

Ob Film oder nicht, ich finde es nicht lustig, wenn jemand auf die Nase fällt oder verprügelt wird. Ich wünsche mir eine freundliche Welt und ertrage keine brutale Unterhaltung wie zum Beispiel einen Krimi.

Unsere Eltern besaßen viele Bücher, Mutter Romane über arme Frauen, die reiche Grafen heiraten. Romane, die mir falsch und kindisch vorkamen. Nichts davon schien mir im wahren Leben möglich. Ich saß lieber über Vaters Lexika und Bildbänden über fremde Länder. Darin gab es zum Beispiel schwarze Menschen, die keine Kleider trugen, aber bunte Federn auf dem Kopf, große Scheiben in der Unterlippe oder viele Ringe um den Hals. Seit ich Vaters Bücher entdeckte, habe ich begriffen, dass alle Menschen verschieden sind. Ich will immer wissen, wie andere Leute leben, was sie tun und warum sie es tun.

*****

Eines Tages suchte ich im Schrank meiner Mutter nach neuen Büchern. Bücher fand ich keine, nur allerhand Papiere, darunter meinen Taufbrief. Ich war getauft? Die Eltern erlaubten mir und meiner Schwester keinen Kirchgang, nicht einmal die Teilnahme am Religionsunterricht. Religion kannte ich nur aus Büchern und Geschichten. Gott kam nur beim täglichen Gruß vor und in Redewendungen wie „Gott sei Dank!"; oder wenn Oma ihre Hände über dem Kopf zusammenschlug und ausrief: „Herrgott, Mädchen, so etwas tut man nicht!"

„Es ist nur ein Stück Papier, nichts weiter", sagte Mutter.

Aber das glaubte ich nicht.

„Warum bewahrst du es dann auf?"

„Nimm ihn und mach damit, was du willst! Aber du sollst wissen, dass ich dich nicht taufen lassen wollte."

„Warum nicht?"

„Das erkläre ich dir später, wenn du erwachsen

bist."

Diesen Satz bekam ich damals oft zu hören. Aber ich wusste mir zu helfen, nahm den Schein und suchte in Vaters Lexikon das Wort Taufe heraus.

Die Taufe ist das erste Sakrament und der Täufling wird damit in die Glaubensgemeinschaft der Christen aufgenommen.

Das heißt, ich bin Katholik, ohne es zu wissen. Doch warum durfte ich nie in die Christenlehre der Kirche, nicht einmal in den Religionsunterricht der Schule und schon gar nicht wie die anderen Kinder zur Kommunion?

In der Urkunde sind zwei Paten vermerkt, die ich nicht kenne. Vermutlich sind es frühere Freunde meiner Eltern, die irgendwann fortzogen. Besucht haben sie uns nie und keiner von ihnen hat mich je so begleitet, wie es im Lexikon beschrieben steht.

*****

Als Kind litt ich unter schlimmen Albträumen, in denen ich mich stets verlief und nicht mehr nach Hause fand. Oft fiel ich im Traum in eine tiefe dunkle Schlucht und wurde schreiend wach. Ich fürchtete mich schon am Abend vor diesen Träumen und versuchte, wach zu bleiben, indem ich bis in die Morgenstunden las.

Böse Träume quälen mich noch immer, allerdings nicht mehr so heftig wie früher. Sobald ich abends im Bett liege, jagen Millionen Gedanken durch meinen Kopf, die alle gleichzeitig gedacht und sortiert werden müssen. Ich finde keine Ruhe und lenke mich mit Lesen ab, bis mir die Augen brennen und von selbst zufallen. Meine unruhigen Träume wecken mich mehrmals in der Nacht. Dann fürchte ich mich, mache überall Licht und lese. Am Morgen bin ich müde und wie gerädert.

Ich greife nach einem Pfirsich. Er ist so überreif, dass seine Haut nachgibt und ich mit meinen Fingern in braunem weichem Fleisch lande. Ich zucke zurück und aus dem Loch, den mein Finger in die Frucht gedrückt hat, kommen Wespen heraus. Eine der Wespen kriecht mir im Nacken hinter den Pulli. Ich spüre, wie sie meinen Rücken herunter krabbelt und halte ängstlich die Luft an, denn ich befürchte, dass sie mich gleich stechen wird. Der Pulli sitzt eng. Die Wespe hat nicht viel Platz zwischen dem Stoff und meiner Haut und wird wohl ebenso ängstlich sein wie ich. Mit der Hand lüpfe ich ein wenig den Kragen im Nacken und hoffe, dass die Wespe diesen Ausschlupf nutzt. Aber sie kriecht weiter nach unten und sticht. Ich spüre einen heftigen brennenden Schmerz …
und werde wach.
Ich begreife nicht sofort, dass alles nur ein böser Albtraum war und versuche, mit meinen Armen die schmerzende Stelle zu erreichen. Sicherheitshal-

ber ziehe ich mein Nachthemd aus, wende und schüttle es. Natürlich fliegt keine Wespe heraus, aber ich gebe das Hemd in die Wäschebox und hole ein frisches aus dem Schrank. Wie kam nur dieser Traum zustande? Mama sagt, Träume sind heimliche Wünsche. Aber ich wünsche mir ganz sicher keine Wespe im Bett. Es gab auch heute keine Fernseh-Dokumentation über Wespen oder Pfirsiche. Als ich wieder ins Bett krieche, sehe ich einen Kugelschreiber, der mitten auf dem Laken liegt. Der hatte mich also gestochen und für den bösen Traum gesorgt.

Alles, was man mir erzählt, hinterfrage ich kritisch und denke über die Antworten nach. Genau das gefällt meinem Umfeld nicht. Deshalb sage ich oft nichts, trotzdem sieht man mir meine Zweifel an. Alles sieht man mir an, die guten und die schlechten Gedanken. In meinem Gesicht kann man lesen wie in einem Buch.

Daniel

An Daniel habe ich kaum Erinnerungen. Ich sah ihn nur während der Schulferien, weil er in einem Internat weit von unserem Dorf entfernt lebte.
„Warum gehst du immer wieder fort?", fragte ich ihn einmal, als die Ferien vorüber waren. „Warum

wohnst du nicht bei uns daheim?"

„Weil ich ein Bastard bin."

Das Wort hatte ich schon oft gehört, denn die Kinder riefen es Daniel nach. Aber ich wusste nicht, was es bedeutet.

„Das ist ganz einfach", erklärte er mir. „Mich gab es schon lange, bevor die Mama den Papa kennenlernte."

Wie sollte das gehen? Ich kannte die richtige Reihenfolge ganz genau: *verliebt, verlobt, verheiratet.* Erst danach kommt das Baby und das neue Spiel heißt: *Vater-Mutter-Kind.*

Daniel behauptete, er hätte zehn Jahre lang bei der Oma gelebt und sei erst in unsere Wohnung gezogen, als ich bereits auf der Welt war. Natürlich glaubte ich ihm nicht.

Auf der Suche nach neuen Büchern durchwühlte ich wieder einmal Mutters Aktenschrank und fand Daniels Geburtsurkunde. Er wurde tatsächlich viele Jahre vor der Heirat unserer Eltern geboren. In der Spalte Eltern stand Thomas Winkler und Sabine Schmid. Schmid ist Mamas Geburtsname. Das wusste ich. Und Daniel sagte, dass die Eltern erst zehn Jahre nach seiner Geburt heirateten. Doch irgend etwas stimmte nicht, obwohl die Namen und Daten richtig waren. Schließlich fiel mir auf, dass Vaters Name mit einer anderen, viel steileren Schrift und in hellerer Tinte eingetragen war. Aber warum? Ich musste der Sache unbedingt auf den Grund gehen.

„Mama, ich habe Daniels Geburtsurkunde gefunden."

„Gib sie her!"

„Warum hat Vaters Name eine ganz andere Tinte und auch eine andere Schrift als dein Name?"

„Wir haben erst nach Daniels Geburt geheiratet."

„Ich weiß. Deshalb steht Sabine Schmid in der Urkunde und nicht Sabine Winkler."

„Dann ist ja alles klar."

„Nein! Vaters Name hat eine andere Tinte und auch eine andere Schrift", wiederholte ich energisch. „Siehst du das nicht?"

Ich hielt ihr das Blatt vor die Augen. Sie riss es mir sofort aus den Händen.

„Du denkst dir wieder einmal Hirngespinste aus!", tadelte sie. „Was hast du überhaupt in meinem Schrank zu suchen?"

Mamas Stimme klang ungeduldig und mir war klar, dass sie ganz sicher wusste, was an dieser Urkunde falsch war. Aber sie würde es mir nicht sagen.

Auch Papa behauptete, ich rede Unsinn.

Vielleicht wusste es Daniel?

„Ich habe deine Geburtsurkunde gefunden", platzte ich heraus.

„Na und?"

„Da steht Papa mit einer ganz anderen Schrift und einer ganz anderen Tinte drin als Mama."

„Schon klar", sagte er.

„Aber warum?"

„Weil ich die Strafe Gottes bin."

„Was bist du?"

Das klang so absurd, dass ich ihn auslachte und stehen ließ.

Trotzdem dachte ich später lange darüber nach, kam aber nicht dahinter, was er damit meinte. Wie sollte ein Gott, den es gar nicht gibt, strafen?

*****

Daniel war seltsam, irgendwie nicht normal. Bevor er nach Argentinien ging, sah ich ihn am Waldrand, wie er sich an einen Baum lehnte. Ich wollte ihn erschrecken und schlich mich näher. Da sah ich, dass er weinte und gleichzeitig verzückt lächelte. Er streichelte den Baum und sprach mit ihm.

„Was tust du da?", fragte ich kichernd. „Redest du mit dir selbst?"

„Ich verabschiede mich", antwortete er ernst und wischte sich die Tränen aus dem Gesicht.

„Von wem?"

„Von meinem Baum. Er ist mein Freund."

„Ein Baum ist ein Baum … eine leblose Pflanze, kein Freund."

„Diese Eiche ist sehr wohl mein Freund. Sie hat mich gerettet", erklärte er ernst.

„Gerettet?"

Ich lachte nun laut über diesen Unsinn.

„Gerettet", bestätigte Daniel ernst.

„Wie kann dich ein blöder Baum retten?"

„Als ich ungefähr acht Jahre alt war …"

„Da gab es mich noch nicht."

Daniel nickte.

„Ich wohnte bei Oma im Nachbarort."

Erstaunt sah ich Daniel an. Dann fiel mir ein, dass er mir schon einmal erzählt hatte, dass er viele Jahre bei Oma wohnte.

„Und wo waren die Eltern?"

Daniel zuckte mit der Schulter und biss sich auf die Lippen. Er wandte sich ab, strich sanft mit seiner Hand über die Rinde der Eiche, erhob sich und wollte davon gehen.

Ich packte seinen Arm.

„Du hast noch nicht fertig erzählt. Wieso ist der Baum dein Freund und wieso hat er dich gerettet?"

„Ich war immer so einsam …"

„Aber wieso? Es gab so viele Kinder im Dorf. Hast du nicht mit ihnen gespielt?"

Er schüttelte mit dem Kopf und ich vermutete, dass er wie ich lieber lesen als draußen umher rennen wollte.

„Weil sie mich nicht mitspielen ließen."

Seltsam. Bei mir war es anders. Ich *wollte* nicht mehr mitspielen, seit ich lesen konnte. Doch ich sah Daniel nie mit einem Buch. Er starrte nur stundenlang aus dem Fenster, wenn er daheim war.

„Warum?"

„Weißt du das nicht?"

Verblüfft schüttelte ich den Kopf.

Daniel kratzte sich im Nacken.

„Sag schon!", drängte ich.

„Weil ich ein Bastard bin."

Da war es wieder, dieses Wort. Und doch verstand ich damals damals nicht, weshalb ein Bastard nicht spielen darf.

„Wenn ich traurig war, lief ich ganz allein über die Felder. Eines Tages hörte ich eine Stimme, sie kam aus dem Wäldchen."

„Wer war das?"

„Ich sah niemanden und wollte schon weitergehen, da meldete sich die Stimme noch einmal. Sie rief mich. Also ging ich in die Richtung, aus der die Stimme kam." Daniel schaute mich ernst an. „Es war diese Eiche hier. Sie hat mich gerufen."

„Warum erzählst du mir solch ein Märchen?", rief ich erbost aus.

„Denke, was du willst, aber es ist wahr, dass mich der Baum gerufen hat."

„Wie denn? Daniel, komm zu mir?", spottete ich.

„Ich weiß es nicht. Aber so war es."

Mir war klar, dass mein Bruder verrückt ist. Seltsam und verschwiegen war er schon immer, doch dass er verrückt ist, merkte ich erst jetzt. Vielleicht war er auch wie alle Erwachsenen, die Kinder nicht ernst nahmen, Märchen erzählte und glaubte, dass ich sie glaube. Aber ich war nicht dumm und glaubte nicht mehr alles, was die Erwachsenen sagten.

„Was hast du dann gemacht?", erkundigte ich mich trotzdem und sah ihn scharf an dabei, denn ich kann spüren, wenn jemand lügt.

„Ich habe mich ins Gras gesetzt, mich an den Baum gelehnt und mich plötzlich sicher und geborgen gefühlt, nicht mehr so schrecklich einsam wie zuvor. Seitdem besuche ich jeden Tag meine Eiche, wenn ich daheim und nicht im Internat bin. Ich begrüße sie, spreche mit ihr und verabschiede mich. Und heute muss ich mich für immer von ihr verabschieden, weil ich nach Argentinien gehen muss und nie wieder hierher zurückkehre."

Fassungslos schaute ich ihn an. Noch niemals zuvor hatte ich gehört, dass jemand einen Baum umarmt und ihn seinen Freund nennt.

„Auch ich habe meinen Freund gerettet."

Daniel klopfte leicht gegen die Rinde.

Ich seufzte, weil ich keine Lust auf ein weiteres Märchen hatte.

„Einmal sagte der Baum …"

Genervt verdrehte ich die Augen.

„…, dass er Schmerzen hat."

„Und wo hatte er Schmerzen? In einem Zweig oder einem Blatt?", foppte ich.

„Es blitze zwischen der Rinde auf und ich schaute genauer hin. Da steckte ein Nagel."

„Aber Daniel! Wie sollte ein Nagel in einen Baum

27

gelangen?"

„Irgendwelche Idioten hatten ihn eingeschlagen ohne jeden Sinn und Verstand. Ich konnte ihn nicht herausziehen. Also lief ich nach Hause und holte aus Opas Werkzeugkiste eine Zange und eine Lupe. Zurück am Baum suchte ich jeden Zentimeter in der Rinde ab, was nicht einfach war, denn die Nägel sah man kaum."

„Nägel? Waren es mehrere?"

„Siebenundvierzig Stück."

„Das glaubt dir kein Mensch."

„Ich weiß", antwortete Daniel.

Mir war diese Geschichte inzwischen zu dumm und ich ließ ihn stehen.

Heute bereue ich, dass ich ihn nicht fragte, warum er ausgerechnet nach Argentinien auswandern will. Ich weiß nur, dass er in unserem Dorf keinen einzigen Freund hatte - nur einen Baum.

*****

Heute ist es Mode, Bäume zu umarmen, um deren Kraft und Energie zu tanken. Die Eiche wird als heiliger Baum unserer Vorfahren geschätzt, sie soll Energie geben, den Kreislauf anregen und das Selbstbewusstsein stärken. Ich kann mir das nicht vorstellen. Zwar bin ich sehr sensibel, doch mein Mitgefühl ist allein auf Menschen gerichtet, auch auf Tiere, aber nicht auf Pflanzen. Pflanzen haben keine Seele. Sie empfinden keine Schmerzen wie Mensch und Tier. Erforscht ist das nicht, aber was weiß schon die Forschung? Sie will alles messen, wiegen, auswerten, dokumentieren. Meist kennen die Wissenschaftler schon vorher die Ergebnisse ihrer Projekte. Deshalb vertraue ich der Forschung schon lange nicht mehr.

Ich bin Mediengestalter. Unser Büro hat sich auf das Thema Natur und Umwelt spezialisiert, weshalb wir nahezu täglich viele interessante Aufträge erhalten. Im Moment entwerfe ich Werbekarten für einen Fotografen, der ausschließlich Bäume fotografiert. Ich mag Bäume, doch die Gespräche mit diesem Mann gestalten sich schwierig. Er kommt mir beim Reden so nahe, dass ich nicht mehr sein gesamtes Gesicht wahrnehme, nur seine feuchten Lippen und den hektischen Atem. Immer, wenn ich mit meinem Stuhl ein wenig von ihm wegrücke, rutscht er augenblicklich nach. Ich fühle mich dann bedrängt und kann mich nicht mehr auf seine Worte konzentrieren, weil ich innerlich nur schreie: *Bitte etwas mehr Abstand!* Er spricht sehr schnell und ausnahmslos über Bäume, uralte Bäume. Mich interessiert das alles nicht. Ich muss nur wissen, welche Größe die gewünschten Karten haben sollen und wie viele er je Motiv benötigt. Auf den Karten ist jeweils ein dicker alter Baum abgebildet, daneben verschiedene Texte wie: *Dieser Baum hat eine Seele. Wo ist deine?* Oder: *Die Weisheit dieses Baumes ist unendlich. Wie groß ist deine?* Abgesehen davon, dass mir die Formulierungen nicht zusagen, zweifle ich daran, dass ein Baum Weisheit und eine Seele besitzt. Ich darf auch Plakate für seine Vorträge entwerfen und stelle mir dabei vor, was das wohl für Leute sind, die in solch einen Vortrag gehen. Tragen sie Anzug, Jeans oder orange Wallekleider?

Aber jetzt muss ich auf Klo und zwar dringend! Ich bitte um Entschuldigung und verlasse eilig das Büro. Dabei hasse ich es, während der Arbeitszeit auf Toilette zu müssen. Meine Kolleginnen rennen oft aufs Klo, aber mehr, um zu tuscheln und sich zu schminken. Ich gehe nur dorthin, um mir die Hände zu waschen, bevor ich einen Apfel oder mein Brot esse. Doch heute *muss* ich. Ich hätte keinen Kaffee trinken dürfen, weil ich weiß, dass er treibt. Vor der Klobrille, auf der so viele vor mir gesessen haben, ekle ich mich. Deshalb mag ich sie weder mit meinen Händen noch mit meinen Beinen berühren. Ich bleibe gebeugt in der Hocke stehen. Mir ist plötzlich übel. Vielleicht liegt das am Fisch, den es zum Mittag gab. Er war pappig und schmeckte überhaupt nicht. In diesem Moment stürzt Durchfall aus mir heraus und ich fange vor Ekel an zu weinen. Wie soll ich mich hier in der Bürotoilette ordentlich säubern? Der Waschraum lässt sich nicht zusperren. Entsetzlich! Ich drehe mich um und betrachte die scheußliche Bescherung, denn weil ich mich nicht auf die Klobrille setzte, muss ich jetzt viel Unangenehmes reinigen. Ich reiße meterweise Papier von der Rolle und mein Ekel wird zu Wut. Der Baum-Umarmer ist schuld! Das Gespräch mit ihm hat mich maßlos aufgeregt und bei Aufregung bekomme ich meist Durchfall. Beim Putzen denke ich mir Sätze aus, die ich ihm sagen werde, damit er weiß, was er mit seiner Baumgeschichte angerichtet hat. Aber als ich eine Viertelstunde später ins Büro zurück komme, ist der Baum-Mann inzwischen gegangen.

Um alles richtig zu machen, habe ich natürlich im Internet recherchiert und herausgefunden, dass es erstaunlich viele Leute gibt, die in ihrer Freizeit in den Wald fahren, um in einer Gruppe Barfußläufer beim Umarmen der Bäume den Sinn des Lebens zu entdecken.
Ich sehe den Sinn meines Lebens nicht im Umarmen von Bäumen. Aber ich erinnere mich plötzlich an Daniel und seinen Baum und ich nehme mir vor, den Baum, den Daniel so liebte, zu besuchen.

Jennifer

Jenni hat mich und unsere Mutter in ihre Wohnung in die Stadt eingeladen. Normalerweise bringe ich einen Strauß Blumen mit, wenn ich jemanden besuche, aber Jenni hält frische Blumen für Verschwendung, weil sie kaum eine Woche halten. Sie mag nur pflegeleichte Grünpflanzen in Töpfen wie Weihnachtskaktus, Efeutute und Grünlilie, am liebsten Kunstblumen. Ich mag bunte Sträuße, die in der Küche und auf meinem Schreibtisch stehen. Mama mag überhaupt keine Blumen und Pflanzen. Und schon gar nicht will sie, dass irgendwelche Nachbarn in ihre Wohnung kommen, um Blumentöpfe zu versorgen, wenn sie verreist ist. Niemand soll sich in ihrer Wohnung umschauen, nicht einmal ich. Trotzdem bringe ich jedes Mal, wenn ich die Eltern besuche, eine Topfpflanze mit, damit es nicht so kahl aussieht in ihrer Wohnung. Aber es ist zwecklos, denn Mama hat einfach kein Talent zum Hegen und Pflegen. Sie gießt entweder zu spät oder zu viel. Alles, was bei mir wächst und wuchert, geht bei ihr ein.

Auf dem Tisch stehen drei Sektgläser und eine Schale mit Keksen. Mama blinzelt mir zu. Sie weiß offenbar, was uns Jenni erzählen wird. Ich dagegen bin völlig ahnungslos. Geburtstag hat sie jedenfalls nicht.

Kurz denke ich an ihren letzten Geburtstag, als sie uns eröffnete, dass sie Bungeejumping machen will. Als ich mir vorstellte, wie sie nur von einem Gummiseil gehalten in die Tiefe springt, fing ich an zu zittern. Warum will sich ein Mensch freiwillig von einer Plattform aus dreißig oder sechzig Meter in die Tiefe stürzen? Wozu ist das gut? Reiner Übermut? Oder eine Mutprobe? Wem will Jenni etwas beweisen? Auch wenn es dabei höchst selten Unfälle gibt, so sind doch gesundheitliche Folgen ein großes Risiko. Die Eltern, Olaf, ihre vielen Freunde, das gesamte Dorf würde um sie trauern - und ich natürlich. Um mich würde Oma trauern, auch Papa, aber ich mache derartigen Irrsinn nicht.

Jenni breitet ihre Arme aus und dreht sich vor uns im Kreis.

„Na, wie sehe ich aus?"

„Hübsch wie immer", sagt Mama lächelnd.

Ich räuspere mich und nicke eifrig, weil ich ganz genau weiß, dass Jenni nur Zustimmung hören will und nicht meine ehrliche Meinung.

„Sag's ruhig, dass dir mein Shirt nicht gefällt. Ich sehe es dir an, du dumme Nuss", faucht Jenni.

„Naja …", zögere ich.

Nuss. Die Farbe der Bluse ist nussbraun, kackbraun, was ihre helle Haut grau und krank wirken lässt. Und der Schnitt der Bluse hat eine A-Form, worin Jenni aussieht, als wäre sie schwanger.

„Das Teil macht dich dick."

„Du bist so gemein!", kreischt Jenni.

Ich bin nicht gemein, ich sage nur, was ich sehe. Hätte sie mich nicht gefragt, hätte ich meine Meinung für mich behalten.

„Von Mode verstehst du nichts."

Das stimmt. Mir ist Mode völlig gleichgültig, weil ich meinen Stil gefunden habe: Jeans und ein bequemer Pulli, am liebsten in Blau.

„Warum trägst du nicht Blau oder Grün mit fröhlichem Blümchenmuster?"

„Bunt wie ein Papagei und dann noch blöde Blumen! Das ist überhaupt nicht modern. Du willst nur, dass ich mich lächerlich mache."

„Aber nein! Ich will, dass du gut aussiehst."

„Lüge nicht! Ich brauche deinen doofen Rat nicht. Lass mich in Ruhe!"

Jetzt wird sie eine Woche oder länger nicht mehr mit mir sprechen. Das tut sie immer, wenn sie sich über mich ärgert. Und das wiederum ärgert mich, weil ich es nicht ertrage, wenn sie durch mich hindurchsieht, als wäre ich nicht da.

„Warum kannst du nicht einfach sagen, dass sie in der neuen Bluse toll aussieht?", fragt Mama kopfschüttelnd.

„Dann müsste ich lügen und ich lüge nie."

Mama lacht.

„Das ist schon gelogen, weil jeder lügt. Du auch."

Jeder hasst Lügen und doch lügen alle. Ich nicht. Ich liebe die Wahrheit, aber keiner will sie hören.

„Kein Mensch erträgt deinen irrsinnigen Hang zur Wahrheit", blafft Jenni. „Keiner."

„Man darf nicht immer die Wahrheit sagen, das ist unhöflich", belehrt mich Mama.

„Sind Lügen höflicher?"

„Besser eine freundliche Lüge als eine verletzende Wahrheit."

Ich sehe es genau umgekehrt. Auch wenn eine Wahrheit verletzt, ist sie immer noch besser als jede noch so schön verpackte Lüge. Die Leute lügen nicht aus Höflichkeit, sie lügen aus Feigheit. Ihnen fehlt der Mut zu einem ehrlichen Wort und der Respekt vor dem Gegenüber.

„Schon als Kind warst du unmöglich!", faucht Jenni und schaut mich durchdringend an.

„Wie meinst du das?"

„Du hast dich immer und überall eingemischt und warst entsetzlich aggressiv. Genau wie heute."

„Ich bin nicht aggressiv!"

„Siehst du, du widersprichst. Das tust du immer."

„Ich widerspreche nicht, ich sage nur meine Meinung."

Jenni verdreht die Augen.

„Weißt du, was du bist? Ein lästiger Besserwisser."

Nichts weiß ich besser, ich weiß alles nur auf meine Art. Aber Jenni will nicht wissen, was ich weiß. Sie will nur Zustimmung. Doch ich kann nur dem zustimmen, was ich genauso sehe. Alles andere wäre Lüge und ich lüge nie. Auch das glaubt sie mir nicht. Sie sagt, jeder lügt und ich am meisten. Das bringt mich zum Weinen, weil es nicht stimmt. Kennt sie mich so schlecht? Ich weiß, dass sie anders denkt als ich, trotzdem verstehe ich sie. Aber sie versteht mich nicht. Sie merkt nicht, dass ich bei *mir* bleibe, bei *meiner* Meinung, während sie *mich* beschimpft: „*Du* bist unmöglich, aggressiv, ein Besserwisser!"

„Mädels! Streitet euch nicht!", mahnt Mama und lächelt Jenni an. „Meine liebe Jennifer, du wolltest uns sicher etwas Wichtiges sagen."

Jennifer deutet auf den großen Strauß roter langstieliger Rosen, der mitten auf dem Tisch steht und verkündet stolz: „Von Olaf."

Olaf schenkt ihr rote Rosen, das Symbol der Liebe. Ich mag keine Rosen. Ich mag bunte Sträuße. Aber mir hat noch keiner einen geschenkt. Den muss ich immer selbst kaufen.

„Jennifer! Ist es das, wofür ich es halte?"

Mama klatscht verzückt in die Hände. Jenni nickt und zeigt auf die Sektgläser, die auf dem Tisch stehen. Mich schaut sie böse an.

„Ich habe keine Lust, mit dir anzustoßen. Du verdirbst immer allen die Stimmung." Sie setzt sich neben Mama auf Sofa und verschränkt die Arme vor der Brust. „Die Kuh soll verschwinden!"

Mama tätschelt Jenni den Arm. Sie weist sie nicht zurecht.

„Dann gehe ich eben", verkünde ich gekränkt und stehe auf.

Natürlich möchte ich lieber hier bleiben und hören, was Jenni uns Wichtiges mitteilen will. Aber ich dränge mich nicht auf.

„Das könnte dir so passen! Hol lieber den Sekt aus dem Kühlschrank und öffne ihn!", bellt Jenni.

Also gehe ich in die Küche, hole den Sekt aus dem Kühlschrank, öffne ihn und gieße ihn in die Gläser. Jennis Laune ist wie das Wetter im April, sie lacht und schimpft in schnellem Wechsel und ändert ebenso schnell ihre Meinung.

„Auf mein Wohl!", ruft Jenni aus. Glücklich strahlt sie Mama an. „Ich werde heiraten."

„Oh! Das freut mich. Ich mag Olaf so gern. Und ihr passt so schön zusammen", verkündet Mama begeistert. „Habt ihr schon ein Datum festgelegt?"

„Ja. Wir heiraten am Freitag, den 7. Oktober. Der Fotograf sagt, im Herbst gibt es das beste Licht für Außenaufnahmen. Es ist nicht so grell wie im Sommer und lässt die Schatten weich erscheinen."

„Hinzu kommen die wunderschönen Farben der Bäume", werfe ich ein.

Jenni schaut mich fassungslos an.

„Das Herbstlaub meine ich."

„Glaubst du, ich heirate im Wald?", ruft sie empört aus.

Das glaube ich nicht, aber sie sprach vom besten Licht für Außenaufnahmen. Aber ich verkneife mir die Antwort, denn alles, was ich sage, bringt Ärger.

„Selbstverständlich heirate ich in der Kirche."

„Warum?", fragt Mama leise und wirkt verstimmt.

„Weil nichts so romantisch ist, wie im strahlend

weißen Brautkleid wie eine Königin den Kirchgang entlangzuschreiten …"

„Krypta", wirft Mama ein.

„Wie?"

„Krypta heißt dieser Gang."

Jenni zuckt mit der Schulter, steht auf und stolziert langsam mit weiten Schritten zur Tür, wobei sie huldvoll abwechselnd nach links und rechts nickt. „Also ich schreite zwischen den Reihen entlang. Die Leute schauen mich an und bewundern mein Kleid aus weißer Spitze. Dabei ertönt feierliche Musik aus der Orgel." Verzückt verdreht Jenni die Augen. „Patricia wird alles filmen und meine gesamte Hochzeit auf Instagram posten."

„Hochzeit", murmelt Mama. „Das Wort kommt von hohe Zeit, Festzeit. Damit ist die Feier gemeint. Die Heirat, also die Vermählung, findet nach wie vor auf dem Standesamt und nicht in der Kirche statt."

„Wieso?"

„Den Bund der Ehe schließt man auf dem Standesamt, nicht in der Kirche. Kirche ist nicht nötig."

„Wieso?", fragt Jenni noch einmal.

„Weil es so ist. Die standesamtliche Trauung ist in ganz Deutschland die Voraussetzung für eine gesetzlich gültige Ehe."

„Das glaube ich nie im Leben!"

Mama steht auf und stellt sich ans Fenster. Ich sehe, wie sie ihre Schultern nach vorn zieht.

„Mama, ich konnte meinen Taufschein nicht finden, nur den von Melanie."

„Du bist nicht getauft."

„Warum?", schreit Jenni auf. „Ist die", sie zeigt auf mich, „etwas Besseres?"

„Weil ich bei dir nicht den gleichen Fehler machen wollte wie bei Melanie."

„Aber dann kann ich nicht heiraten!", kreischt Jenni.

Mama dreht sich um und schaut Jenni ernst an.

„Wenn dir so viel daran liegt, kannst du dich auch als Erwachsene taufen lassen."

„Natürlich liegt mir viel daran. Meinst du, ich bin so blöd wie Melanie und verzichte auf den göttlichen Segen?"

Göttlicher Segen. Das klingt so erhaben.

„Wozu braucht man diesen Segen?", frage ich.

„Um glücklich und geschützt zu sein, du dumme Nuss."

Glücklich sollte sie mit Olaf sein, der sie auch beschützt.

„Ist Olaf getauft?"

Jenni denkt nach. Mit Sicherheit hat sie mit Olaf nicht über dieses Thema gesprochen. Ihr geht es nicht um den Glauben, ihr geht es einzig und allein um das weiße Kleid in der Kirche.

„Ich muss gehen, tut mir leid."

„Mama! Du kannst doch jetzt nicht einfach gehen! Du musst nächste Woche mit mir das Brautkleid aussuchen."

„Wir werden sehen", murmelt sie leise und geht.

Jenni kippt den Rest Sekt aus ihrem Glas in den Mund und füllt es neu.

„Hast du was gesagt, worüber sich Mama ärgert?", faucht mich Jenni an.

„Ich?"

„Wer sonst! Allen trittst du auf den Schlips. Dass du mir diesen Tag versaust, verzeihe ich dir nie!"

Ich zucke hilflos mit der Schulter, weil ich mir keiner Schuld bewusst bin und es im Nachhinein auch nicht mehr ändern kann.

„Warum willst du in der Kirche heiraten?"

„Hast du nicht zugehört? Nie wieder in meinem ganzen Leben werde ich solch ein schönes langes Kleid aus weißer Spitze tragen. Ich werde mich fühlen wie eine Prinzessin."

Prinzessin. Wie im Märchen. Mir ist die Wirklichkeit lieber. Dazu braucht es kein kunstvoll arrangiertes Fest.

„Aber warum willst du ausgerechnet in der Kirche feiern?"

„Du bist einfach nur dumm!"

Genau das sagte meine Freundin Jacki damals zu mir, als ich nach der standesamtlichen Trauung nur mit Timo zusammen sein wollte. Groß feiern kann man jederzeit, aber die Heirat betrifft nur mich und meinen Mann. Ich war einfach nur glücklich, Timos rechtmäßige Ehefrau zu sein.

„Eine Hochzeit verlangt ein großes Fest mit mindestens hundert Gästen, sämtlichen Verwandten und Freunden."

Das halte ich für übertrieben, direkt dekadent. Aber ich sage nichts dazu. Auch Mama schien ganz und gar nicht zufrieden. Sie mag Olaf, aber offenbar mag sie die Kirche nicht.

„Ich hatte das Gefühl, dass Mama deine Idee mit der Kirche nicht gefällt."

„Wie kommst du darauf? Was soll sie dagegen haben?" Jenni tippt mit dem Finger gegen ihre Stirn. „Du redest alles nur schlecht. Deshalb hast du auch keine Freunde!"

Es stimmt, dass ich keine Freunde habe. Vielleicht liegt es daran, dass ich ernst und kritisch bin. Ich frage nach, wenn ich etwas genauer wissen will. Ich möchte alles über die Menschen wissen, was sie denken, was sie freut, was sie ärgert.

„Das geht dich nichts an!", höre ich oft. Oder: „Sei nicht so neugierig!"

Dabei möchte ich mein Gegenüber nur verstehen. Das allein ist mir wichtig. Ich habe keine Probleme damit, alle Fragen zu beantworten, aber mich fragt niemand, was ich so mache, woran ich denke, was ich mag und was nicht.

Timo

Auch mein Mann fragt mich nichts. Timo sagt, er muss mich nichts fragen, weil er mich in- und auswendig kennt. Ich würde ihn gern ganz viel fragen, aber er hasst es, wenn ich ihn etwas frage. Dann weicht er mir jedes Mal verärgert aus.

„Du bist eine schreckliche Nervensäge!", sagt er oft und dass mit mir etwas nicht stimmt, weil ich überhaupt Fragen stelle.

Trotzdem frage ich: „Gab es Ärger im Büro?"

„Wie kommst du darauf?"

„Du wirkst so gereizt."

Timo setzt sich aufs Sofa und daddelt auf seinem Handy. Das tut er immer. Mit seinem Handy kann er nicht nur ins Internet, damit bedient er auch den Fernseher, das Radio und die Lampen, weshalb ich nur dann eine Reportage im TV sehen kann, wenn er daheim ist und das Programm einschaltet, welches ich sehen möchte. Leider verstehe ich den Sprecher im Fernsehen oft nicht, denn Timo erklärt mir das, was ich sehe, als könnte ich es allein nicht begreifen. Oder er redet von Sport und Politik.

Natürlich ist ein persönliches Gespräch erheblich wichtiger als das, was im TV läuft. Deshalb höre ich Timo zu, obwohl ich mich manchmal still über ihn ärgere.

Timo schaut nicht auf.

„Willst du nicht darüber reden?", frage ich nach kurzem Zögern.

Ich sehe, dass ihn etwas quält und möchte ihm helfen, auch wenn er nicht gern über seine Sorgen spricht.

Timo konzentriert sich auf sein Handy und antwortet nicht, weshalb ich meine Frage wiederhole.

„Worüber?", schnaubt er gereizt.

„Über den Ärger, den du hast."

Er brummt etwas, was ich nicht verstehe und vielleicht auch nicht verstehen sollte.

„Aber ..."

„Du nervst!", zischt er und dreht die Musik lauter.

Timo mag Heavy Metal und hört die schrillen Gitarrensoli so laut, dass der Boden vibriert. Mir gefällt das nicht.

„Bitte stelle den Ton leiser!", bitte ich.

„Rockmusik *muss* man laut hören. Kapier das endlich!"

Das mag sein, aber bei diesem Lärm versteht man sein eigenes Wort nicht mehr.

„Man kann sich nicht einmal unterhalten."

„Ich will nicht reden, ich will Musik hören."

Mich machen hämmernde Schlagzeuge, verzerrte Gitarren und kreischende Sänger aggressiv. Ich bevorzuge ruhige Melodien.

Auch bei Filmen mag ich Geschichten ohne Gewalt. Timo dagegen findet Krimis unterhaltsam, wo es um Mord und Totschlag geht. Am liebsten mag ich Sendungen über Menschen wie zum Beispiel *Mieten-Kaufen-Wohnen.* Da erfährt man, warum die Leute eine neue Bleibe suchen, welche ihnen gefällt und warum sie ihnen gefällt. Das finde ich spannend. Oder *Waschen-Schneiden-Leben,* wo jemand beim Friseur sitzt und seine Lebensgeschichte erzählt. Leider kann ich beide Sendungen nicht mehr sehen, weil Timo sie nicht mag. Und wenn er nicht daheim ist, lässt sich weder Bild noch Ton anschalten.

„Mich macht der Krach nervös."

„Ach was! Du bist schon von Haus aus nervös. Mich entspannt das", erklärt er.

„Ich habe gelesen …"

„Hör auf!", schreit mich Timo an. „Mich interessiert nicht, was du gelesen hast."

„Aber …"

„Aber, aber, Schlaber! Jeder Satz fängt bei dir mit Aber an."

Ich wollte sagen, dass Lärm ein Stressfaktor ist, der den Kreislauf, die Hormone, den Blutdruck und das Denken stört. Das Herz schlägt schneller. Das ist alles nicht gut. Aber Timo will mir nicht glauben. Er glaubt auch nicht, dass Ballerspiele der Seele schaden.

„Du spinnst doch!" Timo tippt sich mit dem Finger an die Stirn. „Du bist nicht ganz normal."

Ich bin sehr wohl normal. Mir scheint es eher nicht normal zu sein, am Krach und Töten Freude zu empfinden.

„Ich töte doch nicht selbst, es ist nur ein Spiel."

Nur ein Spiel. *Nur* ein Film. Mich ängstigt schon der Gedanke an Lärm und Gewalt.

Ich spiele nie, nicht einmal die alten Gesellschaftsspiele wie *Dame* oder *Mensch-ärgere-dich-nicht.* Weil es dabei immer einen Gewinner und Verlierer geben muss. Schon als Kind spielte ich lieber allein mit farbigen Murmeln oder Bauklötzchen. Doch am allerliebsten las ich, was ich heute noch am liebsten tue.

Timo lacht. Er lacht derart laut und dröhnend, dass ich jedes Mal zusammenzucke. Meist lacht er über mich oder über Politiker, die ich gar nicht kenne, weil mich Politik nicht interessiert. Ich höre keine Nachrichten, weil die mir viel zu gruselig und traurig sind. Vielleicht lache ich deshalb so selten, und wenn, dann nur lautlos.

*****

„Ich habe Kopfweh", klage ich.

„Wenn ich deiner blöden Schwester zuhören müsste, hätte ich auch Kopfschmerzen."

Timo mag Jenni nicht. Aber das sagt er nur zu mir, zu Jenni ist er freundlich und charmant, obwohl sie ihn von Anfang an nicht leiden konnte.

Sie meinte: „Mit dem wirst du nicht glücklich."

Wie kam sie darauf? Sie kannte ihn gar nicht. Nur,

weil er sich für harte Musik und Motorräder interessiert und nicht wie ich für Bücher?

„Gegensätze ziehen sich an, aber nur Gemeinsamkeiten haben Bestand."

Vielleicht hat sie Recht, vielleicht auch nicht. Jetzt sind Timo und ich verheiratet und werden es für immer bleiben. Trotzdem lud sie Timo niemals ein, immer nur mich. Das gehört sich nicht.

„Ich glaube, ich bin krank und gehe jetzt ins Bett."

„Madame ist also wieder beleidigt", stellt Timo fest.

Ich bin nicht beleidigt.

„Ich habe Kopfweh", wiederhole ich.

In der Nacht werden die Kopfschmerzen stärker, auch der Rücken tut weh, so dass ich am nächsten Morgen kaum aus dem Bett steigen kann.

„Ich kann nicht mitfahren. Ich bin krank."

„Ach was, du suchst nur nach einer Ausrede."

Das stimmt nicht. Ich hatte mich auf das Wochenende gefreut. Wir wollten zusammen nach Prag fahren und dort einen schönen Tag verleben. Timo sollte am Abend allein das Metallica-Konzert besuchen, weil ich keine Live-Konzerte mag. Sie sind mir viel zu laut. Außerdem ängstigen mich die Metalfans. Sie sind schwarz gekleidet, springen auf, strecken ihre Fäuste in die Luft und verziehen ihr Gesicht zu den gleichen furchterregenden Mienen wie die Musiker. Ich höre Musik lieber daheim leise aus dem Lautsprecher. Nach dem Konzert wollten wir ein wenig feiern und den Sonntag gemütlich in Prag ausklingen lassen. Ich mag Prag.

„Ich kann nicht, wirklich nicht."

Ich sehe Timo an, dass er mir nicht glaubt.

„Dir gehen doch schon die Straßengeräusche auf den Geist, Leute, Autos, Gerüche – dich stört einfach alles."

Das stimmt. Ich spüre all das mit meinem ganzen Körper und zwar gleichzeitig. Deshalb gehe ich gar nicht gern vor die Tür.

„Dann leckst du eben Fett und bleibst daheim. Kannst ja in deiner Ecke hocken und lesen! Mehr fällt dir sowieso nicht ein."

Ich nicke, obwohl mir nicht einmal nach Lesen zumute ist. Mir geht es nicht gut. Die Schmerzen sind stärker geworden und ich fühle mich zu schlapp, um aufzustehen.

„Geh zum Arzt!", rät Timo.

Doch heute ist Samstag und die Hausarztpraxis geschlossen.

„Ich habe Bauchweh", jammere ich.

„Du hast doch immer Bauchweh", winkt Timo ab.

„Du und dein empfindlicher Magen."

„Aber jetzt fühle ich Stiche und Krämpfe. Ich wusste in der Nacht nicht, wie ich im Bett liegen sollte. An Schlaf war nicht zu denken. Ich habe Angst."

„Du wirst mir jetzt nicht das Konzert versauen. Ich fahre!"

Timo geht ohne Abschiedskuss davon und schlägt

die Tür hinter sich zu. Erschrocken zucke ich zusammen. Es ist besser so, dass Timo allein nach Prag fährt, trotzdem stimmt es mich traurig. Außerdem habe ich wirklich Angst. Angst, dass etwas ganz Fürchterliches passiert, woran ich nicht einmal denken mag.

Ich krieche unter die Bettdecke und halte mit der linken Hand den schmerzenden Kopf und mit der rechten den stechenden Bauch. Ich habe mal gelesen, dass man in die schmerzende Stelle hinein atmen soll. Aber wie atmet man in den Kopf? Vielleicht funktioniert es leichter in den Bauch, obwohl ich eher mit der Brust atme. Es heißt ja immer, man soll nicht flach mit der Brust atmen, sondern tiefer, was nur mit dem Bauch geht. Timo atmet mit dem Bauch wie vermutlich alle Männer.

Ich konzentriere mich auf das Atmen und schlafe endlich ein. Als ich wach werde, ist es bereits später Nachmittag. Ich schaue auf mein Handy, aber es ist keine Nachricht von Timo da. Hoffentlich ist er gut in Prag angekommen und hat Freude am Konzert. Wenn er wieder bei mir zu Hause ist, wird alles wieder gut.

Wenn nur dieses schreckliche Ziehen im Bauch aufhöre würde. Ich sollte etwas essen, wenigstens einen Zwieback und dazu eine Tasse Tee, kann mich aber nicht aufraffen und habe auch keinen Appetit. Sogar zum Lesen fehlt mir die Kraft und die Lust. Das kenne ich gar nicht von mir.

Es wird dunkel. Hin und wieder döse ich ein wenig ein, doch an Schlaf ist wegen der heftigen Schmerzen im Rücken nicht zu denken. Ich stehe auf und laufe in der Wohnung umher. Das Laufen bringt keine Erleichterung, im Gegenteil. Ich fühle mich entsetzlich schwach und kann mich kaum noch auf den Beinen halten. Also krieche ich wieder ins Bett, nur, um mich eine weitere Stunde schlaflos hin und her zu wälzen oder unruhig umherzulaufen.

Ich schreibe Timo keine Nachricht, dass es mir noch immer schlecht geht, damit er sein Konzert genießen kann. Aber insgeheim hoffe ich, dass er gleich nach der Veranstaltung nach Hause fährt, um nach mir zu sehen. Prag ist nicht allzu weit, er könnte 3 Uhr bei mir sein. Aber Timo kommt nicht und ruft auch nicht an.

Plötzlich spüre ich, dass es warm wird zwischen meinen Beinen und weiß sofort, was es bedeutet. Der Schreck schießt mir wie eine Faust in den Magen. Ich drücke mein Kopfkissen gegen den Bauch und klemme es gleichzeitig zwischen die Schenkel. Aber es nützt nichts. Ich fühle, wie sich ein dicker Klumpen aus mir herausdrückt: das Baby. Ich kann es nicht halten. Und ich schaffe es nicht, mich anzuziehen und ins Krankenhaus zu fahren. Wo bleibt Timo?

Er geht nicht ans Handy. Völlig verzweifelt tippe ich: *Wann kommst du?*, erhalte aber keine Antwort.

Was soll ich nur tun? Ich schleppe mich ins Bad.

*****

Timo lernte ich auf der Hochzeit meiner Cousine kennen. Er sieht auffallend gut aus mit seinen braunen Locken, braunen Augen und dem sinnlichen Mund. Jeder sagt, wir sind ein schönes Paar und passen gut zusammen. Das stimmt, doch nur äußerlich. Vom Wesen her sind wir komplett verschieden. Aber das ist gut so, denn Gegensätze ziehen sich an.

Wir stellten schnell fest, dass wir im gleichen Viertel wohnen und die gleichen Leute kennen. Warum waren wir uns nicht schon früher begegnet? Ich dachte damals, als ich Timo zum ersten Mal sah, sofort an die große Liebe für immer und ewig. Doch Timo meint, nichts ist für immer. Inzwischen weiß ich, dass nichts so weh tut wie die Liebe.

Timo war mein erster fester Freund. Davor kannte ich nur lose Freundschaften, mit denen ich Eis essen oder ins Kino ging, aber niemals ins Bett. In mir sehen die Männer einen Kumpel, einen Kollegen, aber nicht die Frau, die ich bin. Ich bin ihnen zu normal, nicht aufregend genug. Ich will aber niemanden aufregen. Ich will ganz normal sein.

Jenni ist auch normal, aber ganz anders als ich. Sie fällt auf. Nach ihr drehen sich die Männer um, wenn sie vorbei geht. Sie schauen auf ihre langen blonden Haare, auf ihre schlanke Figur in den sehr engen Jeans und Pullis. Sie pfeifen ihr nach oder staunen mit offenem Mund. Jenni ist tatsächlich eine Erscheinung, wenn sie auf Schuhen mit hohen Absätzen vorüber schwebt. Sie weiß das, aber sie tut, als merke sie das alles nicht. Doch ich bin mir sicher, dass sie Olaf wählte, weil der groß und beeindruckend ist, ein Beschützer. Jenni braucht einen Beschützer. Ich brauche das nicht, weil ich nicht beschützt werden muss. Vor wem auch? Mir läuft kein Mann nach und fragt mich, ob er mich glücklich machen darf – so wie es Jenni oft passiert. Mir ist das noch nie passiert.

„Dich will keiner, weil du signalisierst, dass dich dein Umfeld völlig unberührt lässt."

„Das stimmt doch gar nicht!", rufe ich empört aus.

Ich interessiere mich für nichts so sehr wie für Menschen und ihre Geschichten.

„Das mag sein, aber du wirkst eben so. Du merkst nicht einmal, wenn Männer dich anschauen. Du flirtest nicht."

Natürlich nicht. Einem Fremden ohne Grund zuzuzwinkern, zu schmeicheln und einen Schmollmund ziehen ist mir einfach zu blöd. Ich unterhalte mich sehr gern über alles und mit jedem, aber kaum einer mit mir.

„Männer unterhalten sich nicht, schon gar nicht mit Frauen", erklärt Jenni. „Die einen verstehen etwas von Frauen, die anderen sind solche, die Frauen verstehen."

Ich zucke mit der Schulter, weil schließlich beide gleich sind.

Jenni schlägt mit ihrer Hand gegen die Stirn.

„Du begreifst aber auch gar nichts! Der Unterschied liegt im kleinen Wörtchen *etwas.*"

Manche Männer verstehen etwas von Frauen, sie wissen also mit ihnen umzugehen, obwohl sie die Frauen nicht wirklich verstehen.

„Du willst, dass dich der Mann versteht. Aber das gibt es nicht, weil er das gar nicht will. Frauen müssen funktionieren und möglichst dicke Brüste haben. Männer mögen Frauen, aber wichtiger sind ihnen Autos, Baustellen, Sport und Technik. Denke einfach an deinen doofen Timo."

Timo interessiert sich für Motorräder, Musik und Fußball. Damit kennt er sich gut aus. Aber mich kennt er wirklich nicht, obwohl er das glaubt. Und doch glaube ich, dass er mich verstehen *will*.

„Du bist naiv und wirst es nie begreifen", lacht Jenni.

Oma sagte, dass ein guter Mensch schwer zu finden ist. Sie warnte mich: „Hüte dich vor dem Mann, der nicht redet und vor dem Hund, der nicht bellt!" Diesen Spruch habe ich erst begriffen, nachdem ich bereits mit Timo verheiratet war.

Timo war jahrelang mit Sarah zusammen. So lange

sie als Bürohilfe arbeitete, war ihre Beziehung in Ordnung. Eines Tages beschloss Sarahs Freundin, Krankenschwester zu lernen, weil das monatliche Gehalt später doppelt so hoch ist wie das im Büro. Schon während der Ausbildung erhält sie genauso viel wie der aktuelle Monatslohn. Das begeisterte Sarah. Sie überlegte nicht lange und begann eine Ausbildung zur Pflegefachfrau. Auch Timo überlegte nicht lange und machte noch am gleichen Tag Schluss mit Sarah. Er wollte keine Freundin, die nachts und am Wochenende arbeitet.

Ich halte die Pflege für einen sehr edlen und wichtigen Beruf und bewundere jeden, der für diese schwere Arbeit in der Lage ist. Ich kann das nicht. Die Handgriffe und das Körperliche kann jeder lernen, aber ich ertrage fremdes Leid nicht.

Timo war wütend, weil Sarah auf ihre Freundin hörte und nicht auf ihn. Sie würde künftig mehr Zeit mit ihr verbringen als mit ihm. Er schickte sie fort mit den Worten: „Geh zu deiner Freundin, mich siehst du nie wieder!"

Also packte Sarah ihre Sachen und verließ Timos WG (Wohngemeinschaft).

Ich wohnte damals mit Jenni zusammen. Sie mochte Timo nicht und störte uns, sobald er mich besuchte. Sie stürmte einfach in mein Zimmer, was sie sonst nie machte, und ließ uns keine Ruhe. In Timos WG hielt ich mich nicht gern auf. Seine Mitbewohner waren nett zu mir und schneiten nicht wie Jenni ins Zimmer. Doch ich ertrug die Unordnung nicht und auch nicht den Lärm aus all den verschiedenen Räumen. Und erst recht nicht wollte ich Sarahs Zimmer übernehmen.

Als Timos Freunde gemeinsam in einen Schiurlaub fuhren, hatten wir vier Tage und vor allem Nächte ganz für uns. Timo war mein erster Mann und wenn er mich auf eine bestimmte Art ansah, wurde mir schummrig, die Knie weich und ich sackte irgendwie zusammen, fiel aufs Sofa oder gleich aufs Bett. Ich war bereit. Wir verließen das Bett nur, um ins Bad zu gehen oder an der Tür eine Pizzalieferung entgegen zu nehmen.

Ich wurde sofort schwanger, was uns beiden einen tiefen Schock versetzte. Ich war wütend, weil die Verhütung nicht geklappt hatte, während sich Timo sofort erkundigte, wie viel ein Abbruch kostet und welcher Arzt diesen durchführt. Doch für mich kam kein Abbruch in Frage, obwohl ich genauso wenig ein Kind wollte wie Timo.

„Du hast mich reingelegt!", zischte er.

Ich beteuerte viele Male, dass ich regelmäßig die Pille nehme, aber es half nichts. Timo glaubte mir nicht. Wir trennten uns.

Doch bereits zwei Wochen später stand Timo vor meiner Tür.

„Meine Mutter sagt, wer A sagt, muss auch B sagen."

Also gingen wir zum Standesamt, obwohl es heute kein Problem mehr ist, unverheiratet ein Kind zu bekommen. Aber wir wollten Nägel mit Köpfen machen und durch die Heirat das gemeinsame Sorgerecht für das Kind sichern. Timo sah vor allem die steuerlichen Vorteile. Wir heirateten ohne große Feier. Timo verbrachte den Vorabend mit seinen Freunden in einem Gasthof.

Nach der Trauung luden uns meine Eltern zu einem fränkischen Festmenü in den Ratskeller ein. Unsere Gäste waren ansonsten nur Jenni und Timos Schwester. Mit seinen Eltern und den beiden Brüdern möchte Timo keinen Kontakt. Sein Vater hat eine neue Frau und seine Mutter stets üble Laune. Ein Bruder lebt angeblich auf der Straße, der andere ist Anwalt und würde sich nur für Streit und Politik interessieren. Die Schwester umarmte mich bei der Begrüßung überschwänglich, wechselte aber ansonsten kein einziges Wort mit mir, auch nicht mit Jenni und meiner Mutter. Sie sprach sehr laut und erwähnte ständig den Arzt, bei dem sie arbeitet, er sei sehr bedeutend und weit über die Landesgrenzen hinaus geachtet.

Wir zogen in eine Drei-Zimmer-Wohnung am Ringpark. Dort sollte unser Kind aufwachsen.

Leider erlitt ich bereits im Folgemonat eine Fehlgeburt.

Jenni lachte mich aus, weil ich so übereilt geheiratet hatte, noch dazu ausgerechnet Timo.

„Du bist selbst schuld an der Fehlgeburt, weil du ohne kirchlichen Segen geheiratet hast."

„Was hat denn die Kirche mit der Ehe und unserem Kind zu tun?", wunderte ich mich.

„Das muss ich nicht erklären. So etwas weiß man."

Fassungslos schaute ich sie an. In unserer Familie hält man nichts von der Kirche, sie wird nicht einmal erwähnt. Also ist sie auch nicht wichtig. Und schon gar nicht für eine Ehe.

„Jedenfalls wirst du nie ein Kind bekommen", prophezeite sie.

*****

Ich rufe Jenni an.

„Timo ist nicht da und ich …"

Weitersprechen kann ich nicht, ein tiefes Schluchzen zieht meine Kehle zusammen.

„Ich höre schon an deiner Stimme, was passiert ist. Ich bin sofort da!"

Dankbar lege ich auf. Jenni und ich sind Schwestern. Wir stehen uns nahe, obwohl wir so verschieden sind und uns aus dem Weg gehen. Aber wenn eine die andere braucht, sind wir füreinander da. Erst recht in der Not wie jetzt.

Seit meiner ersten Fehlgeburt habe ich eine fertig gepackte Nottasche für das Krankenhaus neben meinem Bett stehen. Bereits drei Mal habe ich sie gebraucht. Und jedes Mal war Timo nicht da und kam erst ins Krankenhaus, nachdem kein Kind mehr in mir war. Ich musste die größten Katastrophen meines Lebens allein durchstehen.

Wie heute.

Langsam schleppe ich mich den unendlich langen Krankenhausgang entlang, an dessen Wänden Bilder von Kindern hängen, die hier geboren wurden, Babys in Obstschalen und Bienenkostümen, Dankschreiben von Müttern und krakelige Kinderzeichnungen. Ich suche Zimmer 2.03, wo der Arzt noch einmal mit mir sprechen will. Hoffentlich redet er nicht salbungsvoll auf mich ein, das ertrage ich jetzt nicht.

Im Zimmer sitzt bereits Timo. Er küsst mich nicht, drückt nur kurz meine Hand. Der Arzt zeigt auf den freien Stuhl und fängt an zu reden. Er redet und redet. Ich muss mich konzentrieren, auf den Stuhl schauen, auf etwas Lebloses, nicht auf seine Hand mit ihren Adern und Härchen und schon gar nicht auf seine Lippen, die feucht sind und sich immerfort bewegen. Ich würde sonst den Boden unter den Füßen verlieren und mich nie wieder erholen. Das, was der Mann sagt, will ich gar nicht hören. Es betrifft eine andere Frau, eine ganz alte, die keine Kinder bekommen kann, weil ihre Eierstöcke keine Eizellen mehr produzieren. Ich bin erst zweiunddreißig! Vorzeitige Menopause nennt er das.

Im Alter von nur zweiunddreißig Jahren bin ich nicht mehr in der Lage, Kinder zur Welt zu bringen, also meine natürliche Bestimmung als Frau zu erfüllen. Was bin ich dann? Timo wird sich scheiden lassen! Er behauptet zwar, er brauche keine Kinder, aber ich glaube ihm nicht. Die ganze Ehe ist sinnlos ohne Kinder. Drei Kinder sollten es sein – und nun gar keins.

„Da muss es doch etwas geben …", hauche ich.

„Leider nicht", bedauert der Arzt.

Timo tätschelt meine Hand, als wäre ich ein Hund.

„Endlich hat dieser ganze Zirkus ein Ende mit Eisprung errechnen, Temperatur messen, Leistung zur festgesetzten Zeit abliefern."

Er lehnt sich zufrieden zurück, während ich verzweifelt um Fassung ringe.

Weil im Grunde alles gesagt ist, stehe ich auf und verlasse das Arztzimmer. Hinter mir murmelt und raschelt es. Offenbar verabschiedet sich Timo vom Arzt und nimmt die Entlassungspapiere an sich.

„Ich muss jetzt was trinken", sage ich so gefasst wie möglich.

„Kaffee?"

Ich schüttle den Kopf und zeige auf den Wasserspender im Gang. Timo füllt zwei kleine Becher und gibt mir einen. Seinen trinkt er in einem Zug aus.

„Trink!", befiehlt er.

Doch als meine Lippen diese seltsam riechende Pappe berühren, wird mir übel und Timos Gesicht verschwimmt vor meinen Augen.

„Du sollst trinken!", wiederholt er.

Langsam setze ich noch einmal an, aber es geht nicht, der Ekel ist zu groß. Hilflos schaue ich Timo an. Er nimmt mir den vollen Becher aus der Hand, lässt ihn in seinen leeren fallen und dann in den Müllkübel, der neben dem Wasserautomaten steht. Schließlich hakt er mich unter und zieht mich nach draußen.

„Komm schon!"

Direkt neben dem Ausgang übergebe ich mich und bekleckere dabei meine Schuhe.

"Musste das sein?", faucht er.

Darauf sage ich nichts.

Wir überqueren den riesigen Parkplatz.

„Wo hast du das Auto geparkt?", frage ich ängstlich, als mir die Beine einknicken wollen.

„Glaubst du, ich drehe erst drei vergebliche Runden auf dem überfüllten Parkplatz und zahle dafür noch fünf Euro Parkgebühr?"

Nein, das passt nicht zu Timo. Er gibt Unmengen Geld für Handy, Lautsprecher, Receiver, Kabel und was weiß ich nicht alles aus, aber keine drei Euro für einen Parkschein. Unendlich lange laufen wir kreuz und quer durch das Viertel, bis wir endlich im Auto sitzen. Ich bin fix und fertig und habe Mühe, vor Erschöpfung nicht in Tränen auszubrechen. Ich weine oft. Immer, wenn ich gute Musik höre, wenn der Film schön ist oder wenn ich an etwas Trauriges denke.

Timo mag das nicht.

Er nennt mich Heulsuse und brummt: „Was ist jetzt schon wieder los?"

Deshalb unterdrücke ich das Weinen, indem ich mir auf die Zunge beiße oder mich kneife. Das lenkt ab.

„Fahr zu, du Idiot!", schimpft Timo und drückt heftig auf die Hupe. „Willst du hier Wurzeln schlagen?"

Ich zucke zusammen, weil ich an das Baby dachte, dass kein Baby mehr ist. Timo konzentriert sich auf die Straße. Denkt er genauso wie ich an die Fehlgeburt? Oder daran, dass wir keine Kinder mehr bekommen können? Tut es ihm so leid wie mir? Ich weiß es nicht, weil er kein Wort über die Fehlgeburt verliert. Er flucht über die anderen Autofahrer und dreht die Musik noch einmal lauter. Er will nicht reden, obwohl man im Auto über Dinge reden kann, über die man daheim nicht redet. Im Auto kann keiner beleidigt davonlaufen oder mit den Türen schlagen. Im Auto muss man sich beim Reden nicht ansehen, man muss sich aufs Fahren konzentrieren.

Ich konzentriere mich darauf, meine Übelkeit hinunterzuschlucken. Und ich konzentriere mich auf den Duft von Timos Parfüm, das würzig und gleichzeitig süßlich in meine Nase steigt und so langsam den penetranten Desinfektionsmittelgeruch der Klinik übertönt. Zum ersten Mal bin ich dankbar, dass ich Timos Parfüm rieche.

Ich benutze kein Parfüm, weil man mit falschem Duft seinem Umfeld etwas vorgaukelt, was man gar nicht ist.

„Warum heulst du schon wieder?"

„Mir tut das alles so leid", schluchze ich.

„Ich bin froh, dass der Zirkus vorüber ist und ich nicht mehr nach Tag und Uhrzeit aufsteigen und Leistung bringen muss."

Aufsteigen. Leistung bringen. So ähnlich hatte er sich beim Arzt ausgedrückt.

„Dabei vergeht mir die Lust am Sex. Außerdem will ich gar kein Kind."

„Du willst kein Kind?", frage ich entsetzt.

„Nein! Wozu soll das gut sein? Man ist abhängig und im eigenen Leben total eingeschränkt, Kinder kosten Geld …"

„Hör auf!", bitte ich.

Ohne eine Familie, ohne Kinder gibt es für mich kein erfülltes Leben.

„Fortpflanzung ist nicht der Sinn des Lebens. Wir sind ja keine Tiere."

Ich mag es nicht, wenn sich Timo so derb ausdrückt.

„Worin besteht dann der Sinn?"

„Er besteht darin, das Leben zu genießen. Und ich

genieße das Leben lieber ohne Kinder. Für mich sind meine Musik und Motorräder wichtiger."

Wie kann ein Motorrad wichtiger sein als ein eigenes Kind? Ich begreife es nicht. Ich begreife Timo nicht.

Am liebsten würde ich jetzt aussteigen, aber es ist noch weit bis nach Hause und ich weiß, dass Timo einfach weiterfahren würde.

Ich erinnere mich an eine Fahrt auf der Autobahn. Damals bat ich ihn, nicht so schnell zu fahren.

„Wer ist der Fahrer? Du oder ich? Sag!"

„Du", hauchte ich.

„Also halte dich raus!"

„Bitte fahre auf den nächsten Parkplatz, ich muss dringend auf Toilette."

„Waaas? Schon wieder? Nichts gibt's! Du wartest, bis wir daheim sind!"

Mir tat schon der Bauch weh, so eilig drückte mich der Harn. Ich wusste nicht mehr, wie ich sitzen und es verhindern könnte, die Hose und den Sitz nass zu machen. Als der nächste Parkplatz zu sehen war, drohte ich, ins Lenkrad zu greifen, wenn er nicht sofort rausfährt. Er nahm die Ausfahrt, doch als ich ausstieg, fuhr er einfach weiter und ließ mich auf dem Parkplatz stehen. Was sollte ich tun? Per Anhalter fahren? Dazu fehlte mir der Mut. Also lief ich direkt an der Autobahn entlang und hoffte, bald eine Raststätte zu finden.

Weit war ich nicht gekommen, als neben mir ein Polizeiwagen hielt. Ob ich mich ausweisen könne. Was ich hier auf der Autobahn mache. Ob ich nicht wüsste, wie gefährlich das ist.

Ich sagte den Polizisten, dass mich mein Mann auf dem Parkplatz stehen ließ und ohne mich weiterfuhr. Sie nahmen mich mit bis zur Raststätte, wo ich sofort Timos Auto stehen sah.

Ich wollte nicht, dass er Ärger bekommt. Aber ich wollte die Polizisten auch nicht belügen. Erst, als Timo so tat, als kenne er mich nicht, gab ich seinen Namen an und zeigte den Beamten sein Auto. Wie immer ging alles gut für Timo aus, obwohl oder weil er armselige Scherze über nervige Frauen machte, worüber die Polizisten herzhaft lachten.

Ich stand dabei und fühlte mich elend.

*****

Seit drei Jahren versuche ich, ein Baby zu bekommen. Vergebens. Die erste Schwangerschaft kam mir ungelegen, so dass ich fast erleichtert war über die Fehlgeburt. Wir hatten sofort geheiratet, obwohl wir uns kaum ein halbes Jahr kannten. Seltsam war, dass ich dem Baby erst nachtrauerte, als es nicht mehr da war. Ich fühle mich noch heute schuldig, weil ich es so leicht gehen ließ.

Jetzt werde ich für meinen Egoismus bestraft oder wie Jenni sagt, weil ich auf den kirchlichen Segen verzichtete.

Vielleicht hat sie Recht. Ich weiß es nicht. Ich weiß nur, dass ich mehrere Wochen einfach im Bett blieb, nichts essen und nichts hören wollte. Selbst, wenn ich versucht hätte, etwas zu essen, ich hätte nichts kauen oder gar schlucken können.

Dann kam Mama.

Sie zog mir einfach die Decke weg und sagte: „Du gehst jetzt duschen! Sofort!" Sie drückte mir ein Handtuch in den Arm und brachte frische Unterwäsche und einen Pulli ins Bad. „Vergiss nicht, deine Haare zu waschen!"

Die Bettwäsche stopfte sie samt meiner Jeans und allem, was so herumlag, in die Waschmaschine. Ich hatte keine Kraft zu protestieren, sondern befolgte wie ein kleines Mädchen stumm die Befehle meiner Mutter. Mama kochte Fencheltee und Kartoffelbrei.

„Iss!", forderte sie streng. „Sonst füttere ich dich!"

Brav aß ich alles auf und merkte dabei, wie hungrig ich war.

„Zieh dir Schuhe an! Wir gehen in den Park."

Zügig und ohne auf meinen schwachen Protest zu achten, scheuchte sie mich durch den nahen Park, ohne dass ich mich auf einer Bank ausruhen durfte.

„Das machst du jetzt jeden Tag! Und ab Montag gehst du wieder arbeiten!"

Erschrocken sah ich sie an.

„Ja, arbeiten! Und zwar richtig! Dann hast du keine Zeit, dich in deinem Kummer zu suhlen. Überhaupt hast du noch nie hart arbeiten müssen in deinem Leben, immer nur deine Nase in Bücher gesteckt."

Was sollte ich darauf sagen? Nichts. Mir liefen einfach die Tränen übers Gesicht.

„Ob du jetzt heulst oder nicht: Es ändert sich nichts. Du reißt dich jetzt zusammen! Du bist nicht die einzige Frau, die eine Fehlgeburt hat."

Was gehen mich andere Frauen an? Weshalb ist Mama so brutal zu mir? So schrecklich herzlos. Das habe ich ihr lange nicht verziehen.

Diese erste Fehlgeburt habe ich nie überwunden und dem Kind im Nachhinein sogar einen Namen gegeben: Marie. Auch heute noch kämpfe ich mit den Tränen, die plötzlich in mir aufsteigen, wenn ich ein Kind sehe, das in dem Alter ist, in dem jetzt meine kleine Marie wäre. Manchmal packt es mich auch in ganz seltsamen Momenten, zum Beispiel beim Haare kämmen oder Staubsaugen.

Timo merkt nichts davon. Er findet, dass es längst Zeit ist, sich abzufinden. Uns geht es gut. Er hat seine Freunde und seine Musik und muss diese nie leise stellen, um das Baby nicht zu stören. Er ist zufrieden.

Kurz nach dieser ersten Fehlgeburt wurde ich wieder schwanger, obwohl Timo von meinen Bemühungen, ein Kind zu bekommen, genervt war. Er weigerte sich, mich zu umarmen, wenn die Zeit günstig war: an fünf bestimmten Tagen morgens vor dem Aufstehen. Timo ist ein Morgenmuffel, er taut erst nach dem Abendessen so richtig auf. Morgens spricht er nicht, er brummt nur gereizt, wenn ich ihn nicht in Ruhe lasse. Deshalb bleibt er konsequent im Bett, bis ich gefrühstückt habe und aus dem Haus bin. Das ist kein Problem für mich – nur an diesen fünf Tagen im Monat wecke ich ihn und möchte schwanger gemacht werden. Deshalb war ich sehr erleichtert, dass ich drei Monate später endlich schwanger wurde.

Die zweite Schwangerschaft war fast noch schlimmer, denn alles lief gut. Mama sagte nach der zwölften Woche, dass ich nun keine Angst mehr haben muss, weil jetzt die heikle Zeit vorüber ist. Ich entspannte mich und wurde ruhiger, zumal mir nicht mehr übel war. Ich begann, mich sicher zu fühlen und mich auf das Kind zu freuen. Es bewegte sich nicht, aber das war normal, denn Bewegungen des Babys spürt man erst ab der 18. Woche.

Beim Ultraschall in der siebzehnten Woche tastete die Ärztin immer wieder meinen Bauch ab und ließ den Bildschirm nicht aus den Augen.

„Ist alles in Ordnung?", erkundigte ich mich nervös.

Sie schüttelte den Kopf und fuhr noch einmal mit der Sonde über meinen Bauch.

„Ich höre keine Herztöne."

Wie sollte ich das verstehen? Sie konnte sowieso nichts *hören* mit diesem Ultraschallgerät. Sie kann nur etwas auf dem Bildschirm *sehen*. Oder nicht? Sah sie kein Zucken, kein Pulsieren? Seit sechs Wochen wusste ich, dass nichts mehr schief gehen konnte. Die Ärztin musste sich geirrt haben.

Aber sie hatte sich nicht geirrt. Sie schickte mich zum Ausschaben in die Klinik. Ausschaben. Schon das Wort verursachte mir Übelkeit. Das Baby hatte schon länger aufgehört zu wachsen, denn es war ungewöhnlich klein. Deshalb müsse die Operation sofort erfolgen, um eine Infektion durch das tote Gewebe zu verhindern. Gewebe? Mein Kind ist kein totes Gewebe! Ich war nahe dran, der Ärztin eine zu schmieren und schrie: „Sind Sie Metzger?"

Ganz ruhig empfahl sie mir ein starkes Mittel für meine strapazierten Nerven, das ich unbedenklich nehmen könne, denn ich sei schließlich nicht mehr schwanger.

„Sei nicht albern!", sagte Mama. „Fehlgeburten sind normal und viel häufiger als gesunde Geburten."

Ich verstand das nicht, denn heute kann man so viel mehr tun als früher. Man kann Herzinfarkt und Krebs geheilt, Darm verlegen oder eine künstliche Hüfte einsetzen. Da sollte es nicht möglich sein, ein Frühchen aufzupäppeln?

„Hast du nicht gespürt, dass dein Kind nicht mehr

lebt?", fragte Jenni.

Nein, hatte ich nicht. Es hatte sich ganz leise und unbemerkt aus seinem Leben gestohlen und war schon geschrumpft, als es aus mir herausgeschabt wurde.

*****

Und nun hatte ich das dritte Kind verloren.

„Es war noch kein Kind, es war nur ein Fötus."

Mit diesen harten Worten will mich Timo trösten, aber ich bin untröstlich. Ich möchte meine Verzweiflung während der Fahrt vom Krankenhaus nach Hause aus mir herausschreien, aber mein Hals ist wie zugeschnürt. Timo stellt per Handy Musik ein. Mir ist wie immer der Ton zu laut, ich ertrage keinen Lärm und drehe ihn etwas leiser.

„Gefällt dir nicht?", bellt er.

„Doch, ich mag den Titel."

Er glaubt mir nicht, denn er weiß besser als ich, was ich *wirklich* sagen will. Also sucht er eine andere Musik heraus, einen sanften Titel von einer dänischen Gruppe, den ich besonders gern höre.

„Viel besser als die aktuellen Charts sind diese Softies auch nicht. Naja, immerhin spielen sie noch selbst Instrumente."

Als ich auch diesen Ton ein wenig zurückdrehe, schaltet er die Lautsprecher aus und blafft: „Nichts kann man dir recht machen!"

„Mir war es nur zu laut", sage ich leise. „Diese Musik ..."

„Lass mich in Ruhe!"

Danach spricht er die gesamte Strecke bis nach Hause kein Wort mehr mit mir. Genauso, wie es Jenny macht, wenn sie mich strafen will. Das halte ich nicht aus, weil für mich das Sprechen, das Miteinander so wichtig ist wie die Luft zum Atmen.

Timo dagegen mag es, wenn ich *nicht* rede.

Daheim schließe ich mich eine volle Stunde im Bad ein und krieche anschließend ins Bett. Ich will niemanden sehen, ich ertrage keine Gesellschaft, ich ertrage mich selbst nicht mehr.

„Hier bist du", stellt Timo fest.

Gerade noch wollte ich meine Ruhe, doch plötzlich sehne ich mich nach einer Umarmung, nach Trost. Doch Timo kommt nicht zu mir ans Bett, er bleibt an der Tür stehen.

„Ich hasse diese Abhängigkeit, in die mich die Ehe zwingt. Ich bin dadurch verpflichtet, jeden Tag nach Hause zu kommen. Wenn ich frei wäre, käme ich vielleicht gern, aber ich hasse es, hierher kommen zu *müssen*. Mit einem Kind wäre es noch schlimmer. Unerträglicher Zwang mit Vater, Mutter, Kind."

Fassungslos schaue ich ihn an und glaube ihm kein Wort. Er wollte genauso wie ich heiraten. Er wollte genauso wie ich ein Kind. Er ist genauso wie ich traurig und verzweifelt, dass auch dieses Kind nicht leben kann.

„Ich verstehe dich. Die Verzweiflung macht dich wütend. Ich weiß, dass du es nicht so meinst, wie du es sagst."

„Du gehst mir auf den Sack mit deinem ewigen Verständnis! Ich möchte dich prügeln dafür. Warum schreist du mich nicht an, wenn ich dir weh tue? Warum lässt du zu, dass ich dich kränke? Du willst mir nicht weh tun und dafür tue ich dir weh."

„Ich verstehe …"

„Hör auf!", schreit Timo und verlässt das Zimmer.

Ich verstehe nichts, wollte ich sagen, kein einziges Wort. Das, was er sagt, ist unlogisch. Er will mich schlagen, weil ich ihn verstehe? Er muss mir weh tun, weil ich ihm nicht weh tun will?

*****

Ich hatte bereits geahnt, dass ich keine Kinder bekommen kann, dass die Schuld allein bei mir liegt. Und doch trifft es mich jetzt wie ein Keulenschlag, das Unvermeidliche aus dem Mund des Arztes zu hören. Ich habe das Gefühl, mein Leben hat keinen Sinn mehr.

Ich sitze auf dem Sofa und vergrabe mein Gesicht in einer Wolldecke. Timo sitzt neben mir. Aber er hat keine Lust zum Reden. Es gibt nichts zu reden, weil alles gesagt und sowieso nichts mehr zu ändern ist. Deshalb sind auch meine Tränen nutzlos, doch ich weiß nicht, wie ich sie stoppen kann.

Der Fernseher läuft.

„Schau doch!", ruft Timo.

Eigentlich will ich nichts sehen, trotzdem ziehe ich mir die Decke vom Gesicht und schaue auf den Bildschirm, wo zwei Schifahrer im halsbrecherischen Tempo einen steilen Hang hinunter rasen. Mich interessiert das nicht. Timo offenbar auch nicht, denn er guckt nicht auf den Bildschirm, sondern auf sein Handy und hält es mir begeistert vor die Augen, damit ich das, was er gefunden hat, bewundern soll. Ich nicke matt, obwohl ich durch den Schleier vor meinen Augen nichts erkenne.

Wie von weitem höre ich den Sprecher aus dem Fernseher, der beschwörend von schmelzenden Gletschern faselt. Was gehen mich die Gletscher an? Timo stellt den Ton lauter, daddelt gleichzeitig auf seinem Handy und redet auf mich ein. Ich höre die Worte Gletscher und Klimakatastrophe und begreife, dass er mir mit seinen Worten genau das noch einmal erklärt, was der Sprecher gerade sagte. Das ärgert mich und ich ziehe die Decke bis hinauf zur Stirn.

„Du hörst mir ja gar nicht zu!"

„Ich kann nicht", flüstere ich.

„Du *willst* nicht. Du bist stur. Egoistisch. Du gehst mir auf die Nerven."

„Ich will …"

„Mir ist wurscht, was du willst. Du nörgelst sowieso immer. Nichts kann man dir recht machen. Meine

Musik passt dir nicht … Ach, lass mich doch in Ruhe!"

Timo nimmt sein Handy und geht hinaus, lässt aber den Fernseher laufen. Will er die Dokumentation weiter schauen? Ich weiß es nicht. Ich weiß nur, dass ich kreuzunglücklich und schrecklich einsam bin.

*****

Mir ist der Sinn meines Lebens abhanden gekommen. Seit fast vier Jahren bin ich mit Timo verheiratet, mein Leben verläuft gleichförmig. Das ist gut so, denn ich brauche Struktur im Alltag, sonst bin ich verloren, weil ich mich verliere, sobald eine Störung kommt. Die Fehlgeburten sind gewaltige Störungen, die ich einfach nicht verkrafte.

Zuerst war die ungewollte Schwangerschaft eine Störung, weil sie nicht geplant war. So früh wollte ich kein Kind. Doch als der Fötus – was ist das nur für ein grausames Wort! - nicht mehr da war, wollte ich unbedingt ein Kind und zwar sofort. Aber nun geht das nicht mehr und diese Hoffnungslosigkeit lässt mich jeden Tag verzweifeln. Ich weiß, dass Timo Recht hat und ich mich endlich abfinden muss. Aber ich kann nicht. Das Kind, das ich nicht haben kann, ist immer in meinem Kopf, in meinen Gedanken und auch in meinem Herzen.

„Wenn du unbedingt ein Kind willst, dann adoptiere eins!", schlägt Jenni vor.

„Ich will *mein* Kind, nicht irgend eins."

„Ach was! Sei froh, wenn du nicht schwanger und kugelrund werden musst und überhaupt ist das Saugen an den Brüsten furchtbar eklig! Du bist schließlich kein Tier. Und dann die vollgeschissenen Windeln und der Rotz im Gesicht."

Jenni verzieht den Mund.

„Wie redest du?", empöre ich mich.

„Wie redest du?", äfft mich Jenni nach. „Tu doch nicht so schlau! Hol ein Kind aus der dritten Welt und schon hast du was für den Weltfrieden getan."

Ein Kind ist keine Sache wie ein Auto, das man sich mal eben anschafft. Ein Kind braucht rund um die Uhr Zuwendung und zwar ein Leben lang. Man kann es nicht umtauschen, wenn es schief geht. Ich weiß nicht, ob ich ein fremdes Kind, das nicht mein eigenes ist, lieben könnte. Ein Kind, das nicht aussieht wie ich oder Timo oder ein Mischwerk aus uns beiden. Ein Kind, das mich eines Tages fragt, wo seine Mama ist und mir sagt, dass ich ihm nichts zu sagen habe. Ich will kein fremdes Kind. Auch Timo nicht. Da bin ich mir sicher. Gesagt hat er es nicht, weil er sich nicht gern festlegt.

Timo sagt nicht: „Das weiß ich nicht." Er sagt: „Das weiß ich nicht *so genau*." Oder er meint genau das Gegenteil von dem, was er sagt.

73

„Das ist mein Lieblings-Sportreporter."

Seine Freunde brüllen vor Lachen und schlagen sich auf die Schenkel. Erst dadurch merke ich, dass Timo diesen Moderator überhaupt nicht erträgt.

Oder: „Das hast du wieder toll gekocht", wenn ich einen aufwändigen Salat serviere. Während ich mich noch über das Lob freute, kapiere ich, dass er mich verspottet. Denn erstens kocht man Salat nicht und zweitens mag er nur Fleisch.

Oder: „Deine vielen Bücher machen dich von Tag zu Tag klüger."

Ironie und Sarkasmus durchschaue ich selten, meist viel zu spät, wenn sich die anderen schon über den Spott freuen. Mir gefällt es nicht, wenn man sich über andere lustig macht.

„Willst du nicht, dass andere wissen, was du wirklich denkst?", frage ich Timo.

„Nein. Was ich denke, geht niemanden etwas an."

Offenbar auch mich nicht, denn seine Gedanken vertraut mir Timo niemals an. Er tut, was getan werden muss, aber er bespricht es nicht mit mir. Er sagt, das muss er nicht, weil er selbst weiß, was nötig ist. Ich sehe immer erst später, was er für nötig hielt.

Ich kann nicht sagen, dass Timo ein Lügner ist. Es gibt kein Wort für jemanden wie ihn, jemand, der nicht die Wahrheit sagt, aber auch nicht direkt lügt.

*****

Und doch lässt mich der Gedanke nicht mehr los, ein Kind zu adoptieren. Vielleicht eines aus der Ukraine? Ich habe in einem Bericht gesehen, dass Mütter einfach ihre Kinder zurücklassen, wenn sie aus dem Kriegsgebiet fliehen. Meist sind es Kinder mit Behinderungen: blind, gelähmt, geistig gestört. Manchmal bringen Nachbarn den Kindern etwas zu essen, obwohl sie selbst nichts haben. Diesen Kinder möchte ich gern helfen und suche im Internet nach Informationen über ukrainische Waisenkinder. Ich erfahre, dass es unfassbar viele Heime gibt, weil viele Kinder obdachlos auf der Straße hausen. Man kann sich an eine SOS-Meldestelle in Deutschland wenden und Geld spenden. Leider ist eine Adoption schwierig, weil das Kind mindestens ein Jahr lang bei der Exekutivbehörde registriert und älter als fünf Jahre sein muss. Was wird dann aus den Babys? Warum müssen sie erst fünf lange Jahre in einem Heim bleiben statt von liebevollen neuen Eltern aufgenommen zu werden?
Im Fernsehen sieht man täglich grausame Bilder von zerbombten Häusern. Trotzdem fahren von Würzburg aus täglich mehrere Busse nach Kiew, also mitten ins Kriegsgebiet hinein. Für solch eine Reise wird im Internet wie für eine ganz normale Urlaubsfahrt in Luxusbussen mit bequemen Sitzen, Panoramablick, WLAN, Toilette und kostenfreiem

Gepäcktransport geworben. Eine Fahrt für die fast zweitausend Kilometer kostet nur etwa 100 Euro, wenn man rechtzeitig bucht. Die Busse sind immer ausgebucht. Aber wer nutzt diesen Service? Wer will nach Kiew und in andere ukrainische Städte fahren, obwohl es dort ein heftiger Krieg tobt? Was sind das für Leute? Oder ist der Krieg ganz anders, als er in den Fernsehberichten dargestellt wird?

Ich will helfen und sammelte in der Firma bereits mehrmals warme Kleider für ukrainische Kinder. Außerdem kaufte ich online medizinische Hilfspakete. Jacki spendet nichts.

„Mach die Augen auf! Schau dir die Luxusautos der Ukrainer hier in der Stadt an. Die fein gekleideten und geschminkten Frauen in der Einkaufspassage sehen alles andere als leidend aus."

„Aber das sind Ausnahmen!", empöre ich mich.

„So?" Jacki winkt mit der Hand ab. „Du bist naiv, wenn du alles glaubst, was man dir erzählt."

„Dir glaube ich zum Beispiel nichts."

Und doch frage ich mich inzwischen, ob meine Hilfe überhaupt gebraucht wird. Ein Baby kann man jedenfalls nicht adoptieren. Das muss ich unbedingt Jenni erzählen, doch nicht jetzt, denn in wenigen Tagen ist ihre Hochzeit.

Hochzeit

„Warum heiratet die?", fragt Timo. „Ist die schwanger?"

„Ich glaube nicht, dass Jenni schwanger ist. Gesagt hat sie es nicht."

„Worüber redet ihr, wenn du nicht mal *das* weißt?"

Darauf antworte ich nicht. Ich habe Jenni gefragt, was ich bei der Vorbereitung helfen kann. Aber sie hatte bereits alles über eine Freundin organisiert, die professionell Feiern ausrichtet. Reservierung im Gasthof, Blumen, Hochzeitskutsche – einfach alles. Dabei weiß sie, dass ich ihr sehr gern helfen möchte.

„Darf ich die Hochzeitsrede halten?", frage ich.

„Du? Du wärst die letzte, die ich darum bitten würde. Ich lasse mir doch mein Fest nicht versauen."

Enttäuscht und verletzt ziehe ich mich zurück. Ich will nur helfen, Gutes tun. Doch Papa sagt: „Zuviel des Guten verkehrt sich ins Gegenteil."

Ist das wirklich so? Obwohl ich es nur gut meine, scheint meine Hilfe niemand wertzuschätzen. Jenni glaubt, ich mache alles nur für mich, um mich als Gutmensch zu fühlen und erwarte Dankbarkeit. Aber das stimmt nicht.

„Sei so gut und trage zu meinem Fest ein Abendkleid. Außerdem solltest du dich schminken und nicht wie ein Bauerntrampel aufkreuzen."

Ich habe mich noch niemals geschminkt. Frauen, denen man die falsche Farbe im Gesicht ansieht, finde ich nicht attraktiv. Ich sehe aus, wie ich eben aussehe.

Trotzdem suchte ich auf Youtube nach Schmink-tipps und fand ein Video für ein *einfaches alltagstaugliches Make Up*. Zuerst trug die junge Frau eine getönte Grundierung auf und verteilte sie mit einem Schwamm auf dem gesamten Gesicht. Danach klopfte sie eine helle Paste, die sie Brightener nannte, unter die Augen, um die Schatten abzumildern, was frischer und jünger aussehen lässt. Direkt darunter tupfte sie mit einem Stäbchen winzige beige Tröpfchen, auch in die innere Augenfalte und auf den unteren Gesichtsrand, die sie mit einem Schwämmchen verrieb. Dann entnahm sie einem Kästchen verschiedene rote, braune und goldene Pulver und tupfte sie mit einem großen Pinsel auf die Wangenknochen. Als ich das Video etwa zur Hälfte angeschaut hatte, hatte ich genug gesehen. Mir war das viel zu zeitaufwändig und mit zu vielen Cremes und Pulvern verbunden. So viel Kosmetik werde ich mir nicht zuzulegen. Mir reicht eine leicht getönte Tagescreme und Wimperntusche. Aber für Jennis Hochzeit werde ich mir einen Lippenstift kaufen.

Jenni und Olaf wollen keine Geschenke, sie wollen Geld. Sie wohnen bereits seit zwei Jahren zusammen und brauchen nichts für ihren Haushalt. Sie planen eine Weltreise. Dafür kaufen sie ein Weltflugticket und fliegen zuerst nach Italien, weiter über die Türkei nach Thailand, Indonesien, Neuseeland, Argentinien, Mexiko, USA und England. Für mich wäre das nichts, auch wenn ich so viel Geld hätte, um in Hotels statt in einfachen Herbergen zu schlafen. Außerdem habe ich Angst vor dem Fliegen. Ich bleibe lieber in Deutschland.

In unserem Heimatdorf ist es Tradition, dass während der Feier ein Korb herumgereicht wird, in den jeder Gast Geld spendet. Erwartet werden fünfzig Euro pro Person, von den Brautjungfern, Eltern und anderen Verwandte erheblich mehr. Hier in der Stadt gibt es diesen schönen Brauch nicht, weshalb Jenni gleich auf der Einladung um Geld für ihre Weltreise bittet. Gemäß der Tradition übernehmen die Brauteltern den Hauptteil der Kosten: die Bewirtung im Lokal am Abend.

Jenni wird den wunderschönen Nachnamen Sommer tragen. Ich dagegen heiße Winter, obwohl ich diese Jahreszeit überhaupt nicht mag.

Nach der Trauung im Standesamt isst das frisch vermählte Paar nur mit den Trauzeugen im Rathaus zu Mittag. Wir anderen Gäste sollen pünktlich 15 Uhr direkt in der Kirche Platz nehmen.

„Du kannst unmöglich in Jeans gehen!", weise ich Timo zurecht.

„Ach was! Wenn ich meinen braunen Janker drüberziehe, ist es perfekt."

„Aber doch nicht in der Kirche!"

Jenni trägt ihr Dirndl zur Trauung. Danach zieht sie ihr langes Kleid aus weißer Spitze an, um in der Kirche als Prinzessin zu erscheinen.

„Ich trage, was ich will!", schnauzt Timo.

„Das geht nicht, Jenni hat auf der Einladung extra um *festliche Abendkleidung* gebeten."

„Na und? Wir sind in Bayern und ich trage Janker. Punkt."

„Damit wirst du sie kränken."

Und mir wird sie ewig böse sein, weil ich nicht auf passende Kleidung bei Timo geachtet habe.

Ich trage ein dunkelblaues langes Kleid mit einem Bolerojäckchen aus hellblauer Spitze, das ich mir extra für diesen Anlass kaufte.

In Würzburg gibt es an die sechzig Kirchen und Kapellen. Aber nur eine ist bereit, ein Paar, das kein Kirchenmitglied ist, zu trauen. Jenni ist nicht katholisch getauft, kommuniert und firmiert - nur Olaf. Aber weil auch Olaf kein Mitglied dieser Gemeinde ist, berechnet der Pfarrer eine Gebühr von 500 Euro.

Die kleine Kirche ist voll besetzt, Jennis sämtliche Freundinnen sind gekommen. Als die Orgel zu spielen beginnt, stehen alle auf und schauen zum Gang, wo die Blumenkinder, Jenni und Papa langsam und feierlich entlangschreiten, dahinter die beiden Brautjungfern in hellblauen Kleidern. Jenni sieht hinreißend aus in ihrem langen Kleid aus weißer Spitze. Ihre Haare trägt sie offen, so dass sie mit ihren blonden Locken wie ein Engel aussieht. Olaf steht neben dem Altar und starrt seine Frau an, als sähe er sie zum ersten Mal.

Der Pfarrer spricht salbungsvolle Worte über die Ehe. Dann wird gesungen und wieder folgt eine Predigt. Nach dem Eheversprechen singt eine Frau mit hoher Stimme *Sei behütet auf deinen Wegen. Sei behütet auch in der Nacht.*

Ich kenne dieses Lied nicht, auch nicht das Vaterunser, dass anschließend alle beten. Als der Pfarrer das Brautpaar verabschiedet, ertönt ein Lied, das mir bekannt vorkommt. Es ist kein Kirchenlied, sondern ein englischer Popsong.

Mama war die ganze Zeit über verschlossen, direkt wortkarg. Sie wirkte so, als ob sie am liebsten davonlaufen wollte.

Vor der Kirche steht ein seltsames Gefährt, eine kleine weiße Kutsche, die wie eine Kugel aussieht und mit weißen Bändern geschmückt ist. Auch Pferd und Kutscher sind weiß. Die Kutsche fährt in den Park, wo bereits der Fotograf wartet.

Timo und ich laufen mit den anderen Gästen direkt

zum nahen Gasthof. Hier war ich schon einmal, doch nicht in dem prunkvollen Saal mit Kronleuchtern und Bildern in verschnörkelten Rahmen. Ich zähle zwölf Tische mit jeweils zehn Stühlen, über die weiße Hauben gestülpt sind. Alles ist weiß, die Tischdecken und auch das Geschirr, die Blumen und die Tischkarten. Wir werden zuerst an die Bar gebeten, wo wir Cocktails trinken, während wir auf das Brautpaar warten.

Als sie eine Stunde später endlich eintreffen, erhält jeder Gast einen *Virgin Hugo*. Das ist Sekt mit Holunderblüten und Ginger Ale.

„Gibts kein Bier?", erkundigt sich Timo.

Dazu werden kleine Snacks gereicht: Mini-Muffins, Capcakes und Lachs-Canapés.

Papa hält eine Rede über Glück und viele Kinder und schon brennen meine Augen, als das Wort Kinder fällt. Weinen darf ich nicht, das verwischt mein mühevoll aufgetragenes Make Up.

„Glück gibt es vor allem in der Erinnerung."

Ist Papa heute nicht mehr glücklich? Über das Glück meiner Eltern habe ich mir noch nie Gedanken gemacht. Sie sind schon länger als dreißig Jahre verheiratet. Da spielt das Glück keine Rolle mehr, da lebt man zufrieden. Oder auch nicht.

Die Vorspeise wird serviert: Karotten-Ingwer-Suppe mit Garnelen-Zitronengras-Spießen, außerdem Carpaccio und Tatar vom Rind. Es folgt Zanderfilet mit Belugalinsen.

„Gibt es keinen Krustenbraten mit Kraut und Klößen?", beklagt sich Timo. „Die Musik ist Kack."
Mir gefällt sie. Es sind ruhige Titel von Katie Melua, Sade und Dido, die für eine entspannte Stimmung sorgen und das Klappern von Besteck übertönen. Eine Mousse aus Champagner und schwarzen Johannisbeeren rundet das ungewöhnliche Menü ab. Ich weiß das alles, weil auf jedem Tisch eine Karte mit der Speisefolge liegt.
Der DJ ruft das Brautpaar zum Hochzeitstanz in die Mitte und spielt das Lied *The time of my life* aus Dirty Dancing. Jenni und Olaf tanzen fast genauso wie in dem Film. Sicher haben sie dazu extra einen Tanzkurs absolviert. Die Gäste umringen sie, feuern sie an und klatschen begeistert Beifall. Dann tanzt Jenni mit Papa einen langsamen Walzer. Plötzlich wirft Papa sein Jackett weg und die Musik wechselt zu CCR. Alle kreischen auf und klatschen noch lauter.
„I heard it through the grapevine", ruft Timo aus.
Ich kenne das Lied nicht, aber es gefällt mir, vor allem, wie verrückt Jenni und Papa umherwirbeln. Begeistert klatsche auch ich.
Es ist ein schönes Fest, obwohl Mama sagte, dass sie Timo in dem grauenhaften Jeans niemals eingelassen hätte. Jenni hat nichts gemerkt, sie war die glückliche und umschwärmte Hauptperson, genauso, wie sie es sich gewünscht hat.

Urlaub

Heute ist unser vierter Hochzeitstag. Ich habe für 20 Uhr ein Candle Light Dinner beim Italiener bestellt und mich besonders hübsch angezogen: eine weiße Hose und dazu meine schulterfreie lila Carmenbluse, die Timo so gut gefällt.

„Letzter Versuch, was?"

„Wie bitte?"

„Lila! Lila ist der letzte Versuch."

„Wie meinst du das?", frage ich irritiert.

„Na, in deinem Alter … Eine Frau über dreißig sollte nie ungeschminkt vor die Tür gehen."

„Wie meinst du das?", frage ich noch einmal.

Timo lacht schallend und schlägt sich brüllend vor Freude auf die Schenkel.

„Pass auf: Für das, was manche Frauen anstellen, um sich jünger zu mogeln, käme ein Gebrauchtwagenhändler ins Gefängnis."

Wieder lacht er dröhnend, während ich noch immer nicht begreife, wovon Timo redet. Meine lila Bluse ist der letzte Versuch. Aber wofür? Und ich soll ungeschminkt nicht auf die Straße gehen, weil ich alt bin? Ich bin zweiunddreißig, vier Jahre jünger als Timo.

„Schau doch nicht so deppert! War nur Spaß."

Nie verstehe ich Timos Späße, nie finde ich sie lustig. Meist denke ich über seine Bemerkungen nach und bin am Schluss gekränkt, was wiederum Timo verärgert.

„Geh zum Lachen in den Keller!", schimpft er.

Ich atme tief durch. Heute ist unser Hochzeitstag, ich will keinen Streit. Ich will ausgehen. Aber Timo macht keine Anstalten. Er holt sich ein Bier aus dem Kühlschrank und schaltet den Fernseher an. Dann lässt er sich in seinen Sessel fallen.

„Ich habe dir Rollmops mitgebracht", verkündet er stolz.

„Ich will keinen Rollmops!"

„Du willst Rollmops, schon immer."

„Aber nicht mehr seit dieser Sendung. Weißt du nicht mehr, dass die Heringe voller Würmer sind?"

Ich weiß, dass jeder Mensch Würmer in seinem Körper hat, doch ich mag sie nicht mit einem Rollmops essen.

„Sei nicht albern!"

Wenn ich diesen Fisch trotzdem esse, bekomme ich Bauchschmerzen und stoße den ganzen Abend bis tief in die Nacht sauer auf. Einfach wegwerfen kann ich ihn auch nicht, das würde Timo merken und wütend machen. Er wird weiter Rollmops mitbringen und glauben, mir damit eine Freude zu machen – gleichgültig, was sich sage.

„Wir wollen essen gehen!", erinnere ich ihn.

„Heute?" Timo stellt den Ton lauter und ich sehe zwei Reporter und im Hintergrund ein Fußballfeld.

„Heute spielen die Bayern."

Ich seufze, denn gegen seine Lieblingsmannschaft habe ich keine Chance, auch nicht am Hochzeitstag.

Trotzdem maule ich: „Wir wollten ganz groß essen gehen."

„Essen kann man jeden Tag. Die Bayern spielen nur heute."

„Hochzeitstag ist auch nur heute."

„So ein Unsinn!", schimpft Timo. „Wir sind seit vier Jahren verheiratet. Da kommt es auf einen Tag mehr oder weniger nicht an."

„Doch!", sage ich trotzig. „Man soll die Feste feiern, wie sie fallen."

Timo reagiert nicht. Er guckt gebannt auf den Bildschirm und beachtet mich nicht.

Das ärgert mich und ich murre: „Wir haben nicht einmal eine Hochzeitsreise gemacht."

Timo schaut mich von unten her an, was ich überhaupt nicht mag und knurrt: „Du spinnst! Hast wohl alles vergessen?"

Nein, diese „Hochzeits"reise vergesse ich nie, weil sie für mich eine schreckliche Katastrophe war. Wir fuhren an einem Donnerstag nach Chemnitz, wo auf dem Sachsenring ein Motorradrennen stattfand. Ich mag keine Motorräder und schon gar nicht den Krach, den sie machen. Aber ich war in Timo verliebt und freute mich auf den ersten gemeinsamen Urlaub.

Timo schwärmte vom Zelten mit all seinen Freunden, die ich noch nicht kannte. Viele meiner Kollegen zelten ebenfalls und finden diese Art Urlaub romantisch. Ich hatte damit keine Erfahrung und freute mich auch. Aber der Zeltplatz war furchtbar schmutzig und voller Schlamm. Es gab nur Dixi-Klos und Waschbecken mit kaltem Wasser. Zu einem Gasthof für ein halbwegs normales Essen mussten wir eine Viertelstunde laufen, wozu Timo keine Lust hatte. Er hatte einen Kocher, Töpfe und Plastikgeschirr mitgenommen, dazu Dosensuppen, Nudeln und Bier.

„Hö! Hoi! Jo!", begrüßten sich Timo und seine Freunde, klatschten ihre Hände aneinander, wobei sie die Arme anwinkelten und ihre Körper näher heranzogen. Wirkliche Gespräche gab es nicht unter ihnen. Es war eher ein Schlagabtausch, als ob sie sich mit ihren Bemerkungen gegenseitig übertreffen wollten. Männer! Es hatte keinen Sinn, zuzuhören. Ich fühlte mich zwischen all den grölenden Motorfans überhaupt nicht wohl. Timo merkte nichts davon. Er besprach mit seinen Freunden das Rennen und trank Bier aus der Büchse. Mir gefiel das alles nicht, aber ich sagte nichts, weil ich Timos Freude nicht zerstören wollte. Ich versuchte stattdessen, seine Freude mitzufühlen, aber es gelang mir nicht.

Die Reisen danach verliefen alle ähnlich, weil es immer um Musik oder Motorsport ging mit Übernachtung im Zelt zwischen lärmenden Fans. So auch *Rock im Park* in Nürnberg. Ich sehe ein, dass die Eintrittskarten teuer sind und man nur bei der Übernachtung und Verpflegung sparen kann. Aber Urlaub ist das für mich nicht. Ich möchte so wie Jenni Urlaub machen: in einem schicken Hotel. Ein richtiges Bett, ein Badezimmer und gute Mahlzeiten im Lokal. Ich würde sogar wie Jenni ans Meer fahren, obwohl ich die See und den Strand nicht mag. Alles ist besser als zu zelten und den Krach von Motorrädern oder Rockbands zu ertragen. Doch Timo sieht das anders.

„Fahr doch allein!", schlägt er vor. „Du nervst nur und machst mir ein schlechtes Gewissen."

Allein daheim bleiben macht mir nichts aus, aber allein in den Urlaub fahren möchte ich nicht.

„Nein, ohne dich mag ich nicht verreisen."

„Das ist nicht mein Problem", sagt Timo. Dann kneift er seine Augen zu einem schmalen Schlitz. „Willst du mich erpressen? Mir Schuldgefühle einreden? Du bist kalt! Ein Stein."

„Ich?", frage ich erschrocken.

„Du!"

Jeder sagt, ich sei empfindlich und viel zu sensibel. Doch Timo hält mich für einen kalten Stein.

„Du verschwindest in deiner Höhle."

„Welche Höhle?"

„Du duckst dich. Du schreist nicht, du schlägst nicht um dich, du wehrst dich nicht. Deshalb muss ich dich hassen."

Timo *muss* mich hassen, weil ich nicht schreie. Warum sollte ich laut werden? Ich kann meine Meinung viel besser ruhig vertreten. Bei uns daheim wurde nie gebrüllt. Mama sagte immer: „Wer schreit, hat Unrecht."

„Und unser Hochzeitstag?", versuche ich es noch einmal.

Timo zückt seinen Geldbeutel und hält mir zwanzig Euro hin.

„Kauf dir was Hübsches, Blumen oder so´n Kram!" Dann wendet er sich dem Fernseher zu und stellt den ohnehin schon zu lauten Ton noch einmal lauter.

Er steckt mir Geld zu, damit ich mir etwas kaufe. Ich fasse es nicht! Mein liebevoll eingeschlagenes Geschenk lege ich wortlos neben ihn aufs Sofa und ziehe mich in die Schlafstube zurück. Ich bin gekränkt und will gar nicht sehen, wie er es auspackt und sich über das Smartphone aus Schokolade und die Gummi*bier*chen freut.

Geld bedeutet mir nicht viel. Für Timo ist Geld viel wichtiger als für mich, weil seine Hobbys Musik und Motorsport erheblich mehr kosten als meine Bücher. Das ist in Ordnung, denn er fuhr schon zu Konzerten und Motorrennen, bevor wir uns kannten. Jetzt sind wir verheiratet und respektieren die Vorlieben des anderen. Timo achtet darauf, einen beachtlichen Puffer auf seinem Konto zu haben, um für einen unerwarteten Glücksgriff flexibel zu sein. Deshalb werden Miete, Nebenkosten, Strom und Versicherungen von meinem Konto abgebucht.

Jenni hält die Aufteilung unserer Finanzen für ungerecht. Aber in einer Ehe gehören alle Einnahmen beiden gemeinsam, weshalb es gleichgültig ist, von welchem Konto die monatlichen Umlagen bezahlt werden. Jenni sieht das anders und rät mir, nur für mich Geld anzusparen. Für den Notfall. Für welchen Notfall? Wofür sollte ich ein Extrageld brauchen? Uns geht es gut. Die Gier der meisten Leute nach Geld erschreckt mich eher.

Ich setze mich aufs Bett, klappe meinen Laptop auf und gebe *lila* ein. Timo hat gesagt, Lila ist der letzte Versuch. Laut Google heißt die Farbe eigentlich Violett und steht für Demut, Tugend und Buße. Vielleicht bin ich tugendhaft, aber demütig nicht. Auf jeden Fall ist mir die Freude an meiner lila oder violetten Bluse vergangen. Ich werde überhaupt kein Lila mehr tragen. Ich lese weiter und erfahre, dass Violett das Geheimnisvolle und Mystische symbolisiert. Doch Geheimnisse sind mir zuwider. Lila strahlt Macht und Extravaganz aus und steht auch für Einsamkeit, Melancholie, Trauer und Verzicht. Das passt zu mir. Ich bin oft traurig und fühle mich einsam, am meisten, wenn ich gar nicht allein bin, sondern neben Timo sitze, der nur in sein Handy schaut. Verzicht. Ich verzichte oft auf das, was ich gerade möchte, weil Timo plötzlich mit einer neuen Idee daherkommt – wie heute.

Normalerweise macht mir das nichts aus, doch heute ist unser Hochzeitstag und ich hatte mich darauf gefreut, ihn zusammen mit Timo zu feiern. Heute möchte ich nicht verzichten. Doch Timo will nicht mit mir ins Lokal gehen. Nun sitze ich hier ganz allein und versuche, mit meinem Frust fertigzuwerden. Es hat keinen Sinn, sich zu ärgern, denn er nützt niemandem und schadet mir nur.

Ich atme also tief durch, nehme eine Thunfisch-Pizza mit Oliven und Zwiebeln aus den Kühlschrank und schiebe sie direkt in die Mikrowelle, obwohl diese keine Grillfunktion hat. Viel besser wäre, die Pizza langsam aufzutauen und dann im Ofenrohr zu backen. Doch heute habe ich keine Lust dazu. Als es *bing* macht, teile ich die Pizza in zwei ungleiche Hälften und lege die größere auf Timos Teller.

„Komm an den Tisch!", bitte ich.

„Davon werde ich nicht satt", mault er, aber das überhöre ich.

Soll er sich selbst etwas zu essen machen, wenn es ihm nicht reicht.

„Und ziehe dir bitte etwas über!"

Timo findet, dass Kleidung einengt. Er läuft in der Wohnung barfuß herum, ohne Socken und ohne

Schuhe, oft trägt er nicht einmal ein T-Shirt, setzt sich wie heute sogar nackt an den Tisch. Ich mag das nicht.

„Wozu? Wir sind allein, nur du und ich. Für dich muss ich mich nicht verkleiden."

„Aber AN-kleiden. So sitzt man nicht am Tisch."

Timo nimmt seinen Teller, das Besteck lässt er liegen und fläzt sich wieder aufs Sofa. Dort isst er aus der Hand, beißt von der Pizza ab, wobei eine Olive auf den Boden kullert.

„Wir haben Gläser. Du musst nicht aus der Flasche trinken."

Er hört mich nicht oder es ist ihm nicht wichtig, was ich sage.

Ich sitze allein am Tisch und esse lustlos meine Pizza. Der Teig ist weich und pappig und schmeckt mir überhaupt nicht, trotzdem lasse ich nichts davon übrig. Ich habe keinen anspruchsvollen Geschmack. Das Essen schmeckt mir oder es schmeckt mir nicht, dazwischen gibt es nichts. Ich mag Fleischpflanzerl, Blumenkohl, Kartoffeln und Nudeln, dazu Rotwein. Auch um den Wein mache ich kein Theater, ich kaufe immer die gleiche Sorte Biowein. Timo trinkt lieber Bier. Er mag Leberkäse, Krustenbraten, Sauerkraut und Klöße. Am liebsten mag er Pizza, weshalb wir immer einen Vorrat an Tiefkühlpizza im Haus haben.

Nach dem Essen spüle ich kurz die Speisereste von meinem Teller, bevor ich ihn in die Spülmaschine stelle.

„Ich habe dir schon hundert Mal gesagt, dass das Wasserverschwendung ist!", tadelt Timo.

Das stimmt. Doch da wir nur aller vier Tage die Maschine anstellen, würden die Speisereste übel riechen, was ich überhaupt nicht mag. Ich mag es auch nicht, wenn er sein Geschirr einfach am Tisch stehen lässt oder auf der Spülmaschine absetzt.

Ich gieße noch einmal Rotwein in mein Glas und setze mich damit wieder an den Computer. Wonach soll ich suchen? Ich gebe *einsam* ein, weil ich mich einsam und unverstanden fühle. Google ergänzt das Wort zu *einsamer Urlaub*. Ohne Timo wäre es wirklich ein sehr einsamer und gar nicht schöner Urlaub.

Als erstes ploppt *Einsame Ferienhütten in traumhafter Lage!* auf. Ich klicke die erstbeste Hütte an, überfliege kurz den Text und buche sofort.

„Ich habe Urlaub gebucht!", schreie ich durch die geschlossene Tür und laufe freudig in die Stube.

„Bist du verrückt?", raunzt Timo. „Mitten in der Champions League? Das kannst du vergessen!"

Champions League ist Fußball, das ist mir klar und auch, wie wichtig Fußball für Timo ist. Leider gibt es in dieser Ferienhütte nicht einmal Strom, also auch keinen Fernseher und keine Möglichkeit, sein Handy aufzuladen. Was habe ich mir nur dabei gedacht, trotzdem zu buchen? Ich hätte ihn auf jeden

Fall fragen müssen.

Timo redet und redet und schaut dabei gebannt auf den Fußball-Bildschirm. Ich höre Worte wie *geht nahtlos in die Weltmeisterschaft über ... zweiunddreißig Teams ... Zeitfenster zu kurz ... kein normaler Mensch macht Urlaub im Herbst.*

Frustriert verlasse ich die Stube und setze mich wieder an den Laptop, um den Urlaub zu stornieren. Die Hütte ist klein, ohne Strom und ohne Spülklosett, also kaum besser als ein Zelt. Doch Timos heftige Ablehnung ärgert mich derart, dass ich *nicht* storniere.

*****

Ich fahre also ganz allein nach Kärnten in die Nockberge, in denen ich noch niemals zuvor war. Dort soll es sanfte grüne Hügel und viele Seen geben. Mein Handy führt mich sicher bis Millstatt, einem wunderhübschen kleinen Ort an einem See, wo ich nach gut fünf Fahrstunden eine Pause mache, um in einem Gasthof etwas zu essen.

Laut Navi bin ich bereits in einer halben Stunde am Ziel. Doch irgend etwas scheint nicht zu stimmen, denn die Straße endet plötzlich und geht in einen steilen Weg über. Darf man hier überhaupt fahren? Ich suche eine Stelle zum Wenden, aber es gibt keine. Die Zweige der Bäume reichen bis auf den Weg und streifen mein Auto. Es ist nicht einmal

Platz zum Aussteigen. Am besten, ich rolle rückwärts zurück. Doch der Weg ist schmal und ohne Randbegrenzung. Unsicher fahre ich weiter. Da öffnet sich der Wald und ich stehe auf einer breiten Fläche, auf der ich wenden kann.

„Sie haben Ihr Ziel erreicht", behauptet das Handy. Meine Ferienhütte muss also ganz in der Nähe sein. Doch ich sehe nur Wiese und Wald und in etwa hundert Meter Entfernung einen Holzschuppen. Ich nehme meine Reisetasche und den Rucksack und steige einen Pfad die Wiese hinauf.

Vor dem Schuppen stehen eine Bank und ein verwitterter Tisch. Neben der Hütte sprudelt Wasser aus einem Rohr; ein schiefer Zaun, der nur aus drei Querlatten besteht, umringt das kleine Häuschen. Ob hier jemand Geräte lagert?

Aber wo ist mein gemietetes Urlaubshaus? Außer diesem Schuppen sehe ich nichts, keine weitere Hütte, nur etwa fünf Meter entfernt einen winzigen Anbau mit einem Herz in der Tür. Ein Plumsklo! Du lieber Schreck! Ich ahne, dass diese Hütte meine Bleibe für die nächsten zwei Wochen sein soll, aber ich mag es nicht glauben. In Gedanken vergleiche ich die Bilder aus dem Internet mit dem, was ich vor mir sehe und erkenne nur mit großer Mühe eine wage Ähnlichkeit. Hier bleibe ich nicht! Noch dazu allein im Wald mitten im Nirgendwo.

Ich klappe den mittleren der drei Fensterläden auf und finde dahinter einen Schlüssel. Es ist also tatsächlich mein Urlaubsdomizil, *eine urige Almhütte für einen entspannten und ursprünglichen Urlaub inmitten Kärntens wunderschönen Bergwelt.* Die Berge ringsum sind wirklich schön, aber gleichzeitig ebenso bedrohlich wie der nahe dunkle Wald. An einen entspannten Urlaub ist hier nicht zu denken. Ich werde sofort abreisen. Gequält schaue ich auf meine schwere Reisetasche, die ich zweihundert Meter vom Parkplatz hier herauf geschleppt habe. Mir graut vor dem steilen Abstieg.

Doch wenn ich schon mal hier bin, kann ich mir die Hütte auch anschauen, bevor ich wieder abfahre. Ich werde Fotos machen und im Internet posten, damit nicht noch mehr Leute auf die schönen Versprechungen hereinfallen.

Drinnen stehen vor dem Fenster ein Tisch und zwei Bänke, in der Ecke ein Kleiderschrank und daneben ein Stockbett. Es gibt keinen Gasherd, sondern einen Holzofen. Muss man hier etwa heizen? Das wäre viel zu gefährlich zwischen all dem Holz, ganz abgesehen davon, dass ich gar nicht weiß, wie man einen Herd anfeuert.

Wo soll ich Kaffee kochen? Es gibt keine Maschine und auch keinen Kühlschrank. Mir fällt ein, dass die Hütte keinen Strom hat. An der Wand hängt ein Regal, auf dem Teller, Becher und Gewürze stehen, direkt hinter dem Herd hängen eine Pfanne, ein Topf und zwei Schöpfkellen an Haken. Erst jetzt bemerke ich die Schale Äpfel und den Strauß Wiesenblumen auf dem Tisch. Der Vermieter will, dass ich mich hier wohl fühle. Doch ich weiß, dass ich mich hier niemals wohl fühlen kann. Ich entdecke eine Luke in der Mitte des Raumes und hebe den Deckel an. Darin verbirgt sich eine Kiste mit Bier und Wein, eine Plastikdose mit Schinken und Käse und ein Stoffbeutel mit einem dunklen Brot.

Seit einer guten Stunde sitze ich auf der Bank vor der Hütte und denke nach. Timo nennt es sinnloses Grübeln. Aber ich kann meine Gedanken nicht ausschalten. Das funktioniert nur, wenn ich lese. Doch ich kann mich nicht aufraffen, meine Bücher auszupacken. Außerdem ist es inzwischen zum Lesen zu dunkel. Auch für den Steilhang ist der Abstieg mit der schweren Reisetasche zu gefährlich. Mir wird klar, dass es zu spät ist, um hinunter ins Dorf zu gehen, wo Leute sind, wo es Licht gibt und vielleicht ein ordentliches Hotel. Der nächste Ort ist knapp zehn Kilometer entfernt. Hier oben auf dem Berg gibt es nicht einmal eine Handyverbindung. Ich könnte niemanden zu Hilfe rufen, falls mir etwas passiert. Ich bin nicht besonders mutig und habe zudem Angst im Dunkeln. Was ist nur in mich gefahren, hier oben in dieser Einsamkeit Urlaub zu buchen?
Ich hasse Lärm und ich hasse zelten. Hier ist es nicht laut, sondern still, gespenstisch still. Zum

Glück muss ich nicht in einen Schlafsack kriechen, sondern habe ein richtiges Bett, Stühle und einen Tisch in einer festen Hütte mit einer Tür, die ich zusperren kann. Das ist erheblich besser als in einem Zelt. Leider gibt es keine Dusche, sondern nur eiskaltes Wasser aus einem Rohr vor dem Haus.

Eine Lampe gibt es nicht. Sie hätte auch nichts genützt so ohne Strom. Zum Glück hängt eine große Taschenlampe neben der Tür. An so etwas habe ich nicht gedacht, auch nicht an Kerzen. Hier gibt es eine ganze Kiste voller Kerzen, doch ich werde keine anzünden, weil die Hütte komplett aus Holz ist: Wände, Decken und Möbel. Ich wäre verrückt, hier mit offenem Feuer zu hantieren.

Die Berge heben sich tiefschwarz von einem sattgelben Hintergrund ab, davor die Sonne als ein breiter weißer Fleck. Über mir funkeln die Wolken dunkellila. Ausgerechnet Lila! Der letzte Versuch! Soll ich versuchen, wenigstens eine Nacht hier zu bleiben? Lust dazu verspüre ich nicht. Aber mir bleibt keine andere Wahl.

Die Farben ringsum sehen wunderschön aus und gleichzeitig bedrohlich. Geheimnisvoll und mystisch. Mit Timo könnte ich dieses seltsame Licht genießen, das ich so noch nie zuvor gesehen habe. In der Stadt gibt es diese Farben nicht. Aber allein ist es irgendwie gruselig.

Hier oben habe ich noch keine Vögel und auch sonst keine Tiere entdeckt. Vielleicht verstecken sie sich vor mir. Es soll Bergziegen geben, Gämsen. Gesehen habe ich keine, nur viele Dohlen oder Raben. Sie schreien und kommen dicht zu mir herunter geflogen, hocken sich auf das Holzgeländer und stieren mich an. Mir ist das unheimlich, weil es heißt, dass Krähen manchmal Menschen angreifen.

Mich erinnern diese schwarzen Vögel an Möwen, vor denen ich mich schon als Kind fürchtete, weil sie so laut und aggressiv sind. Damals im Heim erklärte eine Erzieherin, dass Möwen so laut kreischen müssen, da sie sich sonst im stürmischen Meer nicht verständigen können. Die Begründung leuchtete mir ein, aber ich ertrug weder die Schreie der Möwen noch das Schlagen der Wellen gegen die Uferfelsen.

Mir fällt ein Roman von Zola ein, in dem er sehr genau das Verhalten von Hühnern beschreibt, wie brutal sie mit ihren scharfen Schnäbeln auf alles einhacken und welchen Lärm sie dabei machen. Sie verletzen und töten sogar kranke und schwache Tiere. Zola beschrieb die hackenden Vögel so bildhaft, dass ich sie vor mir sah, mich gruselte und nicht weiterlesen konnte und schließlich das Buch fortwarf.

Raben, Dohlen oder Krähen sind ebenso groß wie Hühner und haben sogar noch größere Schnäbel, die hart zupicken können.

Hinter mir knackt es. Doch hinter mir ist nur das Haus. Ich werde mich schnell der Hütte verstecken, die Tür verriegeln und nicht mehr herauskommen. Doch ich weiß, wer flüchtet, hat schon verloren. Man muss sich der Gefahr stellen, um zu wissen, ob man fliehen oder angreifen muss. Ich will den Mann sehen, der mich offenbar schon lange beobachtet. Es knackt wieder. Ich drehe mich langsam um und hoffe, neugierig zu wirken und keinesfalls ängstlich. Ich sehe niemanden, was mir noch unheimlicher ist, denn das Knacken war laut und deutlich direkt hinter mir zu hören. Ganz langsam erhebe ich mich von der Bank. Hoffentlich sieht man das Zittern meiner Beine nicht. Ich gehe Schritt für Schritt auf die Tür zu. Sie steht offen. So ein Mist! Der Typ muss also bereits in der Hütte sein. Soll ich rufen, ob da wer ist? Nein, das wäre dumm, denn wer Böses im Schilde führt, wird niemals freundlich antworten. Ich schlüpfe durch die Tür und schaue mich dabei aus den Augenwinkeln im Raum um. Eilig schließe ich die Tür und drehe den Schlüssel zwei Mal um, obwohl ich nun mit dem Mann zusammen eingesperrt bin und nicht flüchten kann. Flucht hätte sowieso keinen Zweck, weil der Mann ganz sicher stärker und schneller ist als ich. Ich muss mich zwingen, der Gefahr direkt ins Auge zu schauen und sehe mich um. Nichts. Inzwischen ist es stockdunkel, im Haus noch finsterer als draußen. Ich schalte die Taschenlampe an, gehe leise und doch mit festem Schritt den Raum ab und schaue in jeden Schrank, auch in den unter dem Spülbecken, unter den Tisch und unters Bett. Nichts. So langsam begreife ich, dass ich allein bin. Nur das Holz lebt und hat mich mit seinem Knarren und Knacken genarrt.

An der Wand steht das Stockbett. Ich wähle das obere, wo ich mich sicherer fühle. Gleich ungewaschen in Kleidern lege ich mich hinein und krieche tief unter die Decke. Die Augen lasse ich geöffnet und schaue konzentriert in jeden Winkel. Meine Hand umklammert die Taschenlampe. Sie ist groß und schwer und taugt als Waffe.

Ich will nicht schlafen, ich will lesen. Aber meine Bücher sind noch in der Tasche und ich wage nicht, noch einmal aufzustehen. Ich fürchte mich nicht nur vor dem Knacken, sondern auch vor meinen schlimmen Träumen. Timo träumt nie. Er fehlt mir. Ich möchte mich an ihn kuscheln und von ihm beschützt werden. Leider mag Timo nicht, wenn ich mich eng an ihn schmiege und schiebt mich meist schon nach wenigen Augenblicken zur Seite, weil er so eingeengt nicht schlafen kann.

Irgendwann muss ich eingeschlafen sein. Als ich wach werde, ist mein ganzer Körper nassgeschwitzt und die Kleider kleben auf der Haut. Ich merke, dass ich sogar noch die Schuhe an den Füßen habe.

Jetzt, da es so langsam dämmrig wird, komme ich mir in meinem Aufzug lächerlich vor. Ich bin allein in der Hütte. Wäre ein Mann hier, der Böses im Schilde führt, hätte ich nicht die Nacht über schlafen können. Ich steige aus dem Bett und sehe, dass ich die Vorhänge nicht zugezogen habe. Man hätte durchs Fenster hineinschauen und mich beim Schlafen beobachten können.

Die Vorhänge sind rot-weiß kariert wie auch die Kissen auf der Eckbank und die Tischdecke. Das wirkt kitschig und zugleich freundlich auf mich.

Ich öffne die Bodenluke und hole Brot, Käse und eine Flasche Wein heraus. Wein zum Frühstück geht eigentlich gar nicht, aber ich habe nichts anderes – nur noch das kalte Wasser aus dem Rohr. Dann greife ich einen Becher, ein Brett und ein Messer und setze mich draußen auf die Bank. Nun merke ich, wie hungrig ich bin, da ich gestern Abend nichts gegessen habe.

„He!"

Erschrocken zucke ich so heftig zusammen, dass mir das Messer aus der Hand und auf den Boden fällt. Eilig bücke ich mich. Unbewaffnet möchte ich keinem Eindringling hier oben in der Einsamkeit begegnen.

Um die Ecke kommen zwei Jungs gesprungen, keine zwölf Jahre alt, was mich sofort beruhigt.

„Was macht ihr hier so allein?"

„Trachimo nache kome."

„Wie bitte?"

Kärnten grenzt an Italien. Italienisch verstehe ich, aber die Jungen sprechen anders. Vielleicht slovenisch, denn Kärnten grenzt auch an Slowenien.

„Ziegn. Mia suchn unsa Ziegn."

Ziegen verstehe ich. Sie suchen ihre Ziegen.

„Durtn diachl!"

Die Jungs strecken ihre Arme aus und zeigen auf den Berghügel gegenüber. Vermutlich meinen sie *dort drüben.*

„Sind eure Ziegen nicht im Stall?"

„Naa! Ziegen san frech und könne sackrisch guad klettern, ganz obn auf die Beag gibts die softigstn Kräuta."

„Wie wollt ihr eure Ziegen finden? Kann ich euch helfen?"

Die Jungs schauen sich an und lachen. Vermutlich halten sie mich für eine völlig unbrauchbare Touristin aus der Stadt, die ich schließlich auch bin.

„Wuunst doo?"

Sie zeigen auf meine Hütte und ich nicke.

„Der Bauer hat mir Brot und Käse spendiert. Wollt ihr mit mir frühstücken?"

Schon sitzen sie neben mir auf der Bank.

„Zu trinken habe ich leider nur Wein."

„Des mocht nix. Do is Wossa."

Sie zeigen auf die Quelle.

Mir gefällt die ungezwungene Gesellschaft der Beiden, weshalb mir das Frühstück gleich doppelt so gut schmeckt. Ich bedaure, dass sie sich gleich wieder auf den Weg machen, um ihre Ziegen zu finden. Nun sitze ich wieder allein auf meiner Bank und beobachte die Dohlen, die dreist in meine Nähe hüpfen, eine sogar auf den Tisch. Sie schaut mich mit einem gruselig stechendem Blick an.

„Schsch!", rufe ich, wedle mit den Armen und klopfe auf den Tisch, bis sie endlich krächzend davonfliegt.

Wo finden eigentlich Gämsen und Dohlen im Winter etwas zu fressen, wenn hoher Schnee liegt? Hinter dem Haus endet der Wald und ich sehe nur kahle Felsen. Ob sie dann im Wald leben?

*****

An den ersten drei Tagen fahre ich kreuz und quer durch Kärnten, besuche den Wörthersee, Klagenfurt und fahre die Großglockner Alpenstraße hinauf und wieder herunter. Dann finde ich, dass ich genug gesehen habe, kaufe im Dorf Käse, Brot und Wein und genieße die Tage und Nächte oben in meiner kleinen Hütte. Meine Angst vor der Einsamkeit ist verflogen. Aber ich mag nicht allein durch die Berge wandern. Denn was ist, wenn ich mich verlaufe? Oder einem wilden Tier begegne? Wenn es gewittert? Oder wenn ich stürze und nicht mehr laufen kann? Lieber sitze ich Stunde um Stunde auf der Bank vor der Hütte und lese.

Ich genieße es, mich ungestört in ein Buch zu vertiefen, was mir daheim nur selten gelingt. Ich lese immer am späten Abend im Bett, bis Timo ins Zimmer kommt. Er redet auf mich ein, obwohl er sieht, dass ich lese. Wenn ich ihn bitte, still zu sein und mich noch einen Moment lesen zu lassen, wird er wütend. Dann kann es passieren, dass er mir tagelang böse ist und nicht antwortet.

Nur: „Du wolltest doch, dass ich den Mund halte."

Momentan lese ich das ungewöhnliche Buch: *Sechs Aufzeichnungen über ein unstetes Leben.* Es wurde im späten achtzehnten Jahrhundert von Shen Fu, einem Chinesen, verfasst. Er berichtet recht kühl über sein seltsames Leben voller Rituale und Unglücksfälle und der Liebe zu seiner Frau. Sehr ausführlich beschreibt er, wie kompliziert es ist, Blumen in einer Vase zu arrangieren, weil es dafür unzählige Vorschriften gibt.

Manchmal fahre ich hinunter ins Tal, um Menschen zu treffen. Dann sitze ich in einem Gasthof und beobachte die Leute. Ich denke mir Berufe für sie aus und bestimme ihre Charaktere. Natürlich weiß ich, dass ich das alles nicht wissen kann, aber auf diese Weise genieße ich gute Unterhaltung und manchmal sogar ein richtiges Gespräch.

An einem Schaufenster bleibe ich stehen. Darin gibt es nichts, nur Steine. Gelbe, braune, grüne, blaue, rote und lilafarbene. Manche sind roh, andere geschliffen, einige glitzern, andere sind stumpf. Viele haben ein mehrfarbiges Muster. Ich gehe hinein.

„Ich wusste gar nicht, dass es so viele verschiedene und vor allem bunte Steine gibt", rufe ich aus.

„Bunt", schnieft die Verkäuferin. „Mein Mann holt die Mineralien aus dem Berg."

„Unter Tage?"

Sie schüttelt den Kopf.

„Er ist Stoasucha – Steinsucher."

„Und wo findet er diese wunderschönen Steine?"

„Er ist die Hälfte des Jahres im Berg ..."

„*Im* Berg, also in einer Höhle?"

Wieder schüttelt sie den Kopf.

„Er steigt hinauf und weiß genau, wo es sich zu graben lohnt. Manchmal muss er auch in Löcher und Gruben kriechen. Die meisten Mineralien findet er dort, wo die Gletscher zurückgehen."

Ich ziehe ein betretenes Gesicht, weil die weltweite Klimakatastrophe nicht einmal vor den Bergen Halt macht.

„Das Schmelzen der Gletscher ist schlimm", sage ich seufzend.

„Für uns nicht. Wo vor Jahren noch eine dicke Eisschicht war, kommen nun die schönsten Kristalle zum Vorschein. Hier ...", sie zeigt auf einen Glaskasten, in dem eine Glasscherbe liegt, „Hier siehst du unser wertvollstes Stück."

Ich lächle, weil ich mich inzwischen daran gewöhnt habe, dass man hier in der Gegend von jedem geduzt wird.

„Das?", wundere ich mich. „Das ist doch nur ein unscheinbarer Glassplitter."

Die Frau wendet sich verärgert ab.

„Entschuldigen Sie. Ich habe von Steinen keine Ahnung. Ich finde sie einfach nur schön. Aber das sieht für mich so schlicht aus wie ...", Glas wollte ich sage, schlucke aber das Wort hinunter.

„Dieser wunderschöne Stein ist gut 10.000 Euro wert."

Ungläubig betrachte ich das Teil, das wirklich wie eine einfache Glasscherbe aussieht.

„Siehst du nicht, wie klar und rein der Kristall ist und obendrein in der Achse leicht gedreht?!"

„Seltsam", sage ich und zeige mich erstaunt, kann aber in Wirklichkeit nichts Besonderes erkennen. Keinen einzigen Cent würde ich für die unscheinbare Scherbe zahlen.

Ich finde im Schubkasten meiner Hütte einen Schreibblock und einen Stift und würde gern die wunderschöne Aussicht auf die Berge malen, aber ich kann weder malen noch zeichnen. Vielleicht sollte ich das, was ich sehe, mit Worten beschreiben.

Ich sitze vor einer einsamen Berghütte und schaue auf einen dichten Wald.

Nein, das klingt nichtssagend. Außerdem könnte ich die Hütte, den Wald und die Berge mit meinem Handy fotografieren. Dann habe ich die Bilder bei mir und muss sie nicht erst beschreiben. Wozu auch? Wer sollte das lesen?

Mir fällt eine meiner Kolleginnen ein, die jeden Abend fünfzehn Minuten lang alles aufschreibt, was ihr in den Sinn kommt. Sie nennt das freies Schreiben, womit man das Urwissen des eigenen Körpers nutzt. Angeblich versteht man das Leben dann besser und lebt bewusster. Wichtig ist, dass man nicht nachdenkt. Wie kann ich etwas aufschreiben, ohne nachgedacht zu haben? Ich denke immer und kann nur denkend leben. Angeblich spürt man beim automatischen Schreiben, was in einem vorgeht. Ich weiß auch ohne zu schreiben, was in mir vorgeht, denn ich bin schließlich in mir drin. Meine Gedanken, Gefühle und Wünsche kenne ich ganz genau und muss den Zugang zu ihnen nicht erst durch automatisches Schreiben suchen.

Ich möchte sie nur gern Timo mitteilen. Leider mag er sie nicht hören, weil meine Gedanken und Gefühle allein meine Sache wären, die ihn nichts angehen. Aber wie will er mich verstehen, wenn er nicht weiß, was ich fühle?

Auch Jenni will nicht hören, was ich denke. Für sie sind Taten wichtiger als Worte. Sie hätte den Herd angezündet und Wasser für Kaffee aufgesetzt. Sie braucht Kaffee schon am Morgen, um munter zu werden. Ich dagegen werde von Kaffee müde und trinke ihn im Büro, um zur Ruhe zu kommen.

Ich bedaure, dass Jenni nicht hier ist. Es wäre schön, mit ihr gemeinsam Urlaub zu machen, damit wir uns wieder näher kommen.

Als wir klein waren, wollten wir immer zusammen bleiben, gemeinsam verreisen, miteinander im gleichen Haus wohnen und unsere Kinder großziehen. Ein Mann kam in unseren Träumen nicht vor. Ich hielt jahrelang an diesem Traum fest, während mich Jenni längst für meine Kinderei auslachte. Sie sagt, es ist nicht normal, wenn Schwestern sich eine Wohnung teilen. Aber was ist schon normal?

Erst, seit ich mit Timo zusammen bin, möchte ich nicht mehr mit Jenni zusammen wohnen. Es würde auch nicht gut gehen. Das ist mir heute klar.

*****

Der Urlaub war am Ende schön. Von Tag zu Tag genoss ich die Einsamkeit in dieser einfachen Berghütte mehr und mehr. Obwohl ich ganz allein war, fühlte ich mich nicht einsam. Doch jetzt freue ich mich auf daheim und auf meinen Schatz, den ich zwei Wochen lang sehr vermisste.

Vor Aufregung finde ich meinen Wohnungsschlüssel nicht. Ich klingle.

Timo öffnet und brummt: „Aha, wieder da."

Er dreht sich um und geht zurück in die Stube. Ich folge ihm und lasse im Flur meine Tasche fallen. Will er mich nicht umarmen?

„Warte! Bekomme ich keinen Kuss?"

Timo reagiert nicht. Sofort habe ich einen Kloß im Hals und bleibe irritiert stehen.

„Was ist los?", rufe ich ihm nach.

Ich höre einen Aufschrei und halte erschrocken die Luft an.

„Mist! Spinnt der? Das war kein Foul!"

Langsam atme ich wieder aus. Timo schaut Sport, dabei vergisst er die Welt um sich. Offenbar ist es ein wichtiger Wettkampf, weshalb er mich nicht so begrüßen konnte, wie ich mir vorgestellt hatte. Ich bin also noch immer schreckhaft trotz Erholung in den Bergen. Ich ziehe meine Schuhe aus, bevor ich zu ihm in die Stube gehe.

Timo sitzt in Unterhose auf dem Sofa, polkt mit einer Hand in seinen Zehen und hält in der anderen eine Bierflasche. Er schaut nicht auf, stiert weiter auf den Bildschirm. Mit einem Blick erfasse ich die schreckliche Unordnung im Raum.

„Was hast du gemacht?", schreie ich.

„Wovon redest du?"

Fassungslos zeige ich auf die vielen Pizzaschachteln, die auf dem Tisch und dem Boden verstreut herumliegen. Im Sessel liegt ein Berg zerknüllter Wäsche. Er wusste, dass ich heute nach Hause komme und hat es trotzdem nicht für nötig gehalten, den ganzen Müll wegzuräumen.

„Du hast zwei Wochen lang nicht gewaschen?",
frage ich leise.

„Ach!", empört er sich. „Du verschwindest einfach,
lässt es dir gut gehen und erwartest, dass ich inzwischen deinen Haushalt schmeiße. Spinnst du?"

„Es ist nicht *mein* Haushalt, sondern unserer. Ich
bin deine Frau, nicht ..."

„So? Davon habe ich in den letzten zwei Wochen
nichts gemerkt."

Mit dem Fuß stoße ich gegen die Pizzapackung,
die mir am nächsten liegt. Dabei fällt eine Bierflasche um.

„Du räumst diese Sauerei auf! Jetzt!"

Timo tippt mit dem Finger an seine Stirn und nimmt
einen Schluck aus der Bierflasche.

„Du hattest dein Vergnügen, mit wem auch immer."

„Wie meinst du das?", frage ich entgeistert.

„Willst du mir weismachen, dass du zwei Wochen
lang ganz allein Urlaub feierst!"

„Du wolltest nicht mitkommen und sagtest wörtlich
Fahr doch allein!"

„Ah! Madame liebt Wortklauberei und ist nachtra-
gend."

„Ich verstehe dich nicht. Du fährst so oft mit deinen
Kumpels zu Konzerten und Motorrennen."

„Vergleichst du etwa deinen sinnlosen Urlaub mit
meinen Musikevents? Bist du noch ganz sauber?
Ich fahre zu den Rennen, als du noch in die Windel

geschissen hast. Aber Madame ist sich zu fein für solche Veranstaltungen."

Er spuckt mir seine Wut mitten ins Gesicht.

„Weil es mir zu laut und zu schmutzig ist."

„Zu schmutzig? Zu laut?", schreit er aufgebracht.

„Du lügst! Du bist lieber allein als mit mir zusammen."

„Das ist nicht wahr!"

„Halt den Mund!"

Es bringt nichts, etwas zu sagen. Timo weiß, dass ich nicht allein wegfahren wollte. Er wollte nicht mit mir in den Urlaub fahren, weil ihm die Fußballspiele wichtiger sind. So war es bisher immer. Wir sind noch niemals einfach so verreist wie andere Leute, immer ging es um ein Hardrockkonzert oder ein Motorradrennen. Das alles sollte ich ihm sagen, aber ich ertrage keinen Streit. Ich atme ganz langsam aus und sage mir, dass Timo so ist wie er eben ist. Er ist ein typischer Mann, der sich für laute Musik, Motoren und Fußball interessiert. Gespräche über Gefühle mag er dagegen nicht. Ich wusste das von Anfang an und dachte wohl, dass es so in Ordnung ist. Doch nichts ist in Ordnung. Ich bin enttäuscht, verletzt, unglücklich – alles auf einmal.

„Ich fahre jetzt zu Jenni. Ruf mich an, wenn du hier aufgeräumt hast!"

„Ja! Hau nur wieder ab!", ruft mir Timo hinterher.

Glaube

Weil Jenni nicht daheim ist, fahre ich zu Oma. Sie umarmt mich kurz und hält mir nahezu sofort ihr Handy entgegen und zwar so nahe, dass ich nichts erkennen kann.

„Daniel. Das sind Daniel und seine Braut. Sie heißt Camilla."

„Sie ist blond!", rufe ich aus. „Ich dachte, dass alle Frauen in Argentinien schwarze Haare haben."

Ich schaue mir das Bild noch einmal an. Die Frau ist schlank, jung und hübsch, auch Daniel sieht auffallend gut aus. Hatte er schon immer Locken? Auch solch ein markantes Kinn, hohe Wangenknochen und braungebrannte Haut? Nie im Leben würde ich ihn erkennen, wenn er heute plötzlich vor mir stünde.

„Ich wusste gar nicht, dass ich so einen schönen Bruder habe", sage ich lachend.

Oma schaut mich an und runzelt dabei die Stirn. Habe ich etwas Falsches gesagt?

„Du hast keinen Kontakt zu ihm, nicht wahr?"

Betreten schüttle ich den Kopf. Er ist mein Bruder, aber ich kenne ihn kaum, weil wir nicht zusammen aufwuchsen. Der Altersunterschied zwischen uns ist einfach zu groß, er lebte im Internat und kam nur in den Ferien nach Hause. Was sollte ich mit einem Bruder anstellen, der mir fremder war als die Kinder aus dem Dorf? Daniel hat von sich aus nicht gesprochen und ich wusste ihn nichts zu fragen. Soll ich mich jetzt, wo er seit nunmehr zwanzig Jahren in Argentinien lebt, für ihn interessieren?

„Er wird heiraten."

„Oh!", rufe ich aus. „Schön!"

Was soll ich auch sagen?

„Er will katholisch heiraten. Ausgerechnet!" Oma schüttelt missbilligend den Kopf. „Was denkt sich der Junge dabei?"

„Aber Oma, er lebt in Argentinien. Dort sind *alle* katholisch. "

Glaube ich zumindest. Argentinien ist ein großes Land in Südamerika, wo die Leute Tango tanzen und Rindfleisch grillen. Viel mehr weiß ich auch nicht. Vielleicht sollte ich mal Land und Leute googeln, schließlich lebt mein Bruder dort.

„Daniel ist kein Katholik und sollte nicht katholisch heiraten", sagt Oma sehr bestimmt. „Ich verstehe den Jungen nicht. Mir scheint, wir verstehen ausgerechnet *die* Menschen am wenigsten, die wir am meisten lieben."

Sie zieht genauso ein ernstes Gesicht wie Mama, als Jenni ihr sagte, dass sie in der Kirche heiraten wird. Meine Schwester ist auch nicht katholisch.

„Ach, das sehe ich nicht so eng. Viele Frauen wollen nur deshalb in der Kirche heiraten, weil sie sich eine romantische Hochzeit vorstellen im weißen

Kleid und Orgelmusik. Wie Jenni."

„Ach, Jenni", winkt Oma ab. „Sie hat in der Kirche geheiratet, obwohl sie kein einziges Mal in ihrem ganzen Leben in der Kirche war."

Ich zucke mit der Schulter.

„Es war ein schönes Fest, auch in der Kirche. Aber heutzutage sind die Leute aufgeklärt, niemand glaubt an einen Gott."

„Du irrst dich. In Bayern ist jeder Zweite katholisch und geht regelmäßig in die Kirche. Der Mensch braucht ein höheres Wesen, das er anbeten und vor dem er sich fürchten kann."

„Warum sollte sich ein Mensch fürchten wollen? Das ist unlogisch."

„So ist es aber. Der Kirche ist Furcht sehr wichtig. So kann sie ihre Schäflein", Oma zwinkert mir zu, „besser lenken." Dann ergänzt sie ernst: „Doch Gott straft nicht, niemals."

Ich habe keine Ahnung von Religion, weil ich nicht wie die anderen Kinder in der Christenlehre war. Die Eltern erlaubten es nie. Als Kind wunderte ich mich darüber, denn Jenni und ich waren die einzigen Kinder im Dorf, die von der Kommunion ausgeschlossen waren. Dabei wollten wir so gern sein wie alle anderen Kinder.

„Ich fand es damals gar nicht gut, ausgeschlossen zu sein."

„Ich weiß", erinnert sich Oma. „Du hast dich bitter darüber beklagt, weil du nicht wie die anderen Kinder in die Kirche gehen durftest."

„Mama hat mit Religion auch nichts am Hut. Sie verabscheut sie."

„Du irrst dich. Sie ist ebenso gläubig wie ich. Sie will nur nichts mit der Kirche zu tun haben."

Nun muss ich lachen, denn Glaube und Kirche sind doch ein und dasselbe.

„Das hat mit deinem Bruder zu tun."

„Mit Daniel?"

Oma nickt.

Was sollte Daniel mit Mamas Abneigung zur Kirche zu tun haben? Andererseits weiß ich nicht viel über meinen Bruder, im Grunde gar nichts. Ich weiß nur, dass er mehr bei Oma war als bei uns daheim. Er ist so viel älter als ich und wirkte auf mich schon immer schrecklich erwachsen. Nie rannte er mit Freunden draußen umher oder kletterte gar auf Bäume.

Offenbar kennt Oma die Gründe und Zusammen-hänge.

„Erzähle!", bitte ich.

„Nicht so forsch, Mädchen!" Dann klopft sie mit der Hand auf den Platz neben sich, damit ich mich zu ihr aufs Sofa setze, ergreift meine Hand und fängt an zu erzählen.

„Ich war katholisch wie alle hier im Dorf und alle meine Verwandten. Auch deine Mutter und ihre Geschwister wurden streng katholisch erzogen."

„Aber Oma! Du gehst nicht in die Kirche. Mama auch nicht."

„Ich gehe nicht in die Kirche, aber selbstverständlich glaube ich an Gott."

Entgeistert schaue ich sie an.

„Aber die Kirche *ist* Gott, sie repräsentiert ihn."

„Das sagt sie, aber so ist es nicht. Gott wohnt nicht in der Kirche."

„Wo dann? Im Himmel?"

Oma lächelt und schüttelt den Kopf.

„Gott wohnt in jedem gläubigen Menschen. Er lebt in seinem Herzen und seinen Gebeten. Mit der Kirche hat er herzlich wenig zu tun."

Mit mir auch nicht, denn in mir wohnt er jedenfalls nicht. In mir wohne nur ich.

„Gott ist größer und mächtiger als die Natur, er ist wie die Luft, die wir atmen – er ist alles um uns herum. Er lässt sich nicht in eine Kirche sperren."

„Aber wozu gibt es dann Kirchen?"

„Weißt du, der einzelne Mensch kann nicht von selbst zu seinem Glauben gelangen. Dafür braucht er eine Gebetsgemeinschaft, eine Person, die ihm die Bibelgeschichte erzählt. Das findet er in der Kirche."

Oma streicht sanft über meinen Arm. Ich denke über Omas Worte nach. Gott ist überall, aber man kann ihn nicht sehen. Ich glaube nur das, was ich sehe.

„Du sagst, Gott lebt in Gebeten. Betest du etwa

auch?"

„Jeden Tag, mein Kind. Am Morgen erbitte ich für alle meine Lieben Gesundheit und denke dabei besonders an die Kranken. Allen soll es gut gehen und niemandem ein Unheil geschehen. Und am Abend, wenn ich im Bett liege, danke ich Gott für den gewährten Schutz."

Ich halte es nicht für sinnvoll, einen Gott, der überall ist wie die Luft, um Gesundheit für die Familie zu bitten. Dafür muss man schon selbst sorgen.

„Du möchtest also nicht, dass Daniel kirchlich heiratet", fasse ich zusammen.

Auch Mama wollte nicht, dass Jenni in der Kirche heiratet. Sie sagte, das sei nicht nötig, weil die gesetzlich rechtliche Heirat nur im Standesamt stattfindet. Eine kirchliche Trauung ist nur ein kitschiger Festakt im weißen Kleid und einer salbungsvollen Rede des Priesters. Doch Jenni wollte auch den göttlichen Segen, um glücklich und geschützt zu sein. Wenn aber Gott nicht in der Kirche wohnt, bekommt sie diesen Segen auch, wenn sie wie Oma einfach darum bittet.

Dass Oma und Mama Glaube und Kirche trennen, habe ich verstanden, wenn es mich auch irritiert. Aber das erklärt nicht ihre starke Abneigung gegen die Kirche.

„Mama ist also katholisch wie du."

„Nein, wir glauben an Gott, aber wir brauchen dazu keine Kirche."

„Aber was hat das alles mit Daniel zu tun?"

Oma seufzt und schaut mich ernst an.

„Ich glaube, es wird Zeit, dass ich dir die ganze Geschichte erzähle. Am besten, ich fange bei meiner eigenen Kindheit an."

*****

„Am 16. März 1945 wurde ich fünf Jahre alt. Ich war zwar noch klein, aber diesen Tag werde ich mein ganzes Leben nicht vergessen."

„Ihr habt sicher lustig gefeiert", vermute ich.

„Wo denkst du hin, Mädchen. Es war Krieg."

Betroffen schweige ich. Mir ist der Krieg nicht so gegenwärtig wie Oma. Er betrifft mich nicht und ist seit fast achtzig Jahren Vergangenheit, an die sich kaum noch jemand erinnert.

Oma denkt kurz nach, als ob sie nicht weiß, was sie sagen und was sie lieber weglassen soll.

„Wir wohnten damals in Würzburg und verbrachten ein wunderschönes Wochenende auf dem Land bei Tante Gerda."

„Die früher hier im Dorf wohnte?"

Oma nickt.

„Ich war gern auf dem Land. Es gab genug zu essen und wir Kinder spielten den ganzen Tag draußen. Hier merkte man nichts vom Krieg. Es gab Hühner, Katzen, zwei Schafe und einen Hund. Das Haus war winzig mit einer Küche und der guten Stube unten im Erdgeschoss, darüber gleich der Dachboden mit drei Schlafkammern, die wir uns mit der Tante und ihren Kindern teilten. Wir waren hier glücklich."

„Ich mag das Haus."

Oma lacht.

„Ja, weil es heute hell und modern ist, nicht so finster wie damals mit den kleinen Fenstern. Gerdas Sohn Fritz hat sogar ein schönes Bad eingebaut."

In einem Haus ohne Bad kann man nicht wohnen. Das taugt nicht einmal für einen Urlaub in einer einsamen Berghütte, ist unpraktisch und schon lange nicht mehr zeitgemäß.

„Ich wusste gar nicht, dass du mit deinen Eltern und Geschwistern in Würzburg wohntest. Wann warst du zuletzt in deiner alten Heimat?"

„Nie wieder." Oma seufzt und richtet ihre Schultern gerade. „Man soll Orte, an denen man glücklich war, nicht noch einmal besuchen."

Das leuchtet mir nicht ein.

„Wo ich glücklich bin, da möchte ich immer wieder hin, um glücklich zu sein."

„Junge Leute glauben, alles zu verstehen. Dabei verstehen sie gar nichts. Überhaupt nichts. Unsere Freuden sind oberflächlich, aber unsere Sorgen sind tief."

Was meint sie damit? Während ich noch darüber nachdenke, erzählt Oma weiter.

„Am Sonntag wollten wir zurück nach Würzburg, aber es fuhr kein Zug und wir fanden keinen Wagen, der uns mitnahm, weshalb wir den ganzen weiten Weg laufen mussten. Uns kamen viele Menschen entgegen. Einige trugen Koffer oder Säcke, andere nichts. Alle wirkten sehr bedrückt und schauten nur auf ihre Schuhe, nicht auf die schöne Landschaft, obwohl es nicht mehr regnete." Wieder seufzt Oma tief und wischt sich über die Augen. „Es ist schwer, darüber zu sprechen."

„Aber worüber?"

Oma spricht in Rätseln und macht mich damit ganz ungeduldig.

„Je näher wir Würzburg kamen, desto mehr Leute liefen uns entgegen. Mama fragte eine Frau, was denn passiert ist. Und die sagte, dass es die Stadt nicht mehr gibt."

„Eine Stadt kann nicht einfach verschwinden!", rufe ich aus.

„Und doch war es so." Oma reibt sich die Stirn. „Würzburg war von den Engländern komplett zerstört worden. Innerhalb von zwanzig Minuten warfen sie mehr als tausend Bomben auf die Altstadt, kein Stein blieb auf dem anderen, unser Haus war nur noch ein Haufen Schutt."

„Oje!", rufe ich aus und weiß nicht, was ich dazu sagen soll, weil ich nichts davon wusste. Uns hatte man in der Schule nur gesagt, dass die Stadt Anfang April den Amerikanern übergeben wurde und

dass die Johanniskirche als Mahnmal für den Frie-
den steht.

„Nichts konnte man aus unserer Wohnung retten,
gar nichts. Wir wussten uns keinen anderen Rat,
als zurück zu Tante Gerda zu laufen. Meine Mutter
trug das Baby und weinte die ganze Zeit."

„Das Baby war dein Bruder, nicht wahr?"

Wieder nickt Oma.

„Mir taten die Füße schrecklich weh, aber ich wagte nicht zu jammern."

„Konnte euch niemand helfen?"

„Wer denn? Alle waren verzweifelt und hatten ihre
eigenen Probleme."

„Wo war denn euer Vater?"

„Im Krieg, Mädchen. Alle Männer und Buben ab
vierzehn Jahre waren im Krieg, auch Gerdas Mann
und alle drei Söhne."

„Drei?"

Oma nickt.

„Drei. Nur Fritz hat den Krieg überlebt, die anderen
beiden sind gefallen."

Warum weiß ich das alles nicht?

„Und Onkel Karl hat sein Bein verloren", ergänze
ich.

„Verloren", brummt Oma und schüttelt den Kopf.
„Wirklich verloren hatte er sein freundliches Ge-
müt. Als kleines Mädchen fürchtete ich mich vor
Onkel Karl, weil er so missmutig war und eine
lockere Hand hatte."

„Lockere Hand? Was meinst du damit?"

„Er schlug schnell zu, uns Kindern mitten ins Gesicht und Tante Gerda immer in die Beine. Er saß ja nur auf seinem Stuhl direkt neben der Tür. Alle mussten an ihm vorbei und jedem tat er etwas zuleide."

„Aber warum?"

„Warum, warum? Der Krieg hat ihn so gemacht. Wir hörten ihn fast jede Nacht schreien."

„Hatte er Schmerzen?"

„Sicher hatte er Schmerzen. Aber ihn quälte die Erinnerung. Gesagt hat er das nie, aber Tante Gerda wusste, dass er in seinen Träumen im Schützengraben liegt und seine toten Kameraden sieht."

Kameraden. Das klingt so freundlich. Dabei waren es Soldaten. Männer, die andere Männer, die ihnen nichts getan hatten, töteten. Und obendrein Frau und Kinder schlugen, die gar nichts dafür konnten. Kein Wunder, dass Oma den Onkel nicht mochte. Er starb, bevor ich geboren wurde. An Tante Gerda erinnere ich mich noch genau. Sie war eine sehr liebevolle, gütige Frau, die noch im hohen Alter von neunzig Jahren täglich Mittag kochte, ihren Garten pflegte, den Haushalt allein bewältigte und leckere Kuchen buk.

„Nach dem Krieg kamen die vielen Flüchtlinge. Sie sahen erbärmlich aus. Viele wurden in die Häuser der Bauern eingewiesen. Tante Gerdas Haus blieb verschont, weil es so klein war und meine Mutter schon mit uns drei Kindern die einzige freie Kammer bewohnte."

Ich versuche, mir die vielen Menschen in Gerdas kleinem Haus vorzustellen, das für meine Begriffe selbst für nur zwei Personen zu klein ist.

„Damals gab es noch kein Bad, nicht einmal eine Toilette im Haus. Das Wasser lief Tag und Nacht aus einem Rohr und musste in einem Eimer hineingetragen werden."

Ich dachte an meinen Urlaub in der Berghütte, die zwar keine Bodenkammern hatte, aber nicht größer ist als Tante Gerdas Haus. Mit acht oder zehn Leuten hätte ich nicht darin hausen wollen.

„Unser Vater kam Ende 1946 aus der Gefangenschaft und mit ihm der kälteste Winter, den ich in all meinen Jahren erlebt habe. Es war fast zwei Monate lang unerträglich kalt, unter zwanzig Grad minus." Oma wackelt mit dem Kopf. „Wir Kinder sammelten Reisig im Wald, mit dem der Ofen in der Küche geheizt wurde."

Warum nur in der Küche? Gab es nur einen Ofen im Haus? Oder zu wenig Feuerholz?

„Vater wurde als Schulhelfer ausgebildet, weil die Siegermächte die alten Lehrer entlassen hatten."

„Aber warum?"

„Sie glaubten, dass alle Deutschen in der Partei waren, in der NSDAP."

„Waren wirklich alle in der Partei?"

„Viele, aber bei weitem nicht alle. Und schon gar nicht alle freiwillig. Aber das tut jetzt nichts zur Sache. Für Vater war es gut, dass er Lehrer werden durfte. Die Flüchtlinge, die in der Dorfschule untergebracht waren, zogen in die Kirche um. Doch auch dort konnten sie nicht bleiben. Sie bauten recht bald nicht weit von unserem Dorf entfernt Häuser, in denen sie wohnen konnten. So entstand das Polackendorf, in dem du aufgewachsen bist."

Polackendorf. Ich wusste nicht, dass unser Dorf von Flüchtlingen errichtet wurde. Ich hatte mir auch nie Gedanken über den seltsamen Beinamen gemacht. Eine Kirche konnten sie natürlich nicht bauen, weshalb unser Ort statt einer Kirche nur eine kleine Kapelle besitzt, keinen eigenen Friedhof und auch keinen Priester.

„Auch unser Vater baute ein Haus neben das von Tante Gerda, in das wir recht bald einziehen konnten."

„Warum hat er es nicht größer gebaut?"

„Es war damals nicht üblich, dass jedes Kind ein eigenes Zimmer hatte. Wir drei Geschwister teilten uns eine Bodenkammer, in der zweiten schliefen die Großeltern und unten in der Stube die Eltern. Heute bin ich froh, dass das Haus nicht größer ist, weil ich allein hier lebe und mir inzwischen das Sauberhalten schwer fällt."

Oma seufzt und reibt sich das linke Knie, das ihr seit Jahren Schmerzen bereitet. Operieren lassen will sie es nicht, dazu sei sie zu alt und wisse auch nicht, ob der Eingriff gut geht. Wieso sollte es nicht gut gehen? Viele Leute bekommen im Alter ein künstliches Knie oder eine künstliche Hüfte.

„Vertraue niemandem, der an deiner Krankheit verdient!", mahnt sie.

Was soll das jetzt wieder heißen? Ein Arzt will heilen, das ist seine Aufgabe. Natürlich verdient er daran, aber das tut schließlich jeder, der arbeitet.

„Du wolltest von der Kirche erzählen!", erinnere ich sie.

„Nur Geduld, Mädchen. Wenn ich alles von Anfang an erzähle, wirst du es besser verstehen."

„Soll ich uns einen Kaffee kochen? Oder kannst du dann nicht schlafen in der Nacht?"

„Ach, das ist eine Mär. Mich macht Kaffee müde."

„Mich auch", stimme ich zu.

„Aber am Morgen reizt er meinen Magen, weshalb ich zum Frühstück lieber Tee trinke. Nachmittags vertrage ich ein Tässchen Kaffee gut." Oma lächelt und hebt ihren Zeigefinger. „Unter der Haube ist noch Kuchen."

Ich fülle Wasser und Kaffeepulver in die Kaffeemaschine und decke den Küchentisch mit Tassen, Tellern, Milch und Zucker. Den Kuchen stelle ich direkt in die Mitte.

„Dein Kuchen sieht lecker aus", lobe ich.

„Ich habe zwei Äpfel in den Teig geraspelt, das macht ihn saftiger."

„Damals gingen alle Leute aus dem Dorf jeden Sonntag in die Kirche und hörten dem Priester zu. Daran hat sich bis heute nichts geändert. Auch die Flüchtlinge besuchten die Kirche, sie waren genau wie wir strenggläubige Katholiken." Oma schaut mich an und sagt fast ungläubig: „Trotzdem mochten wir sie nicht, keiner von uns."

„Aber warum?"

„Für uns war es dahergelaufenes Pack, Polacken." Oma seufzt. „Weißt du denn gar nichts über die Vertreibung? Habt ihr das nicht in der Schule besprochen?"

Möglich, doch ich erinnere mich nicht. Geschichte gehörte nicht zu meinen Lieblingsfächern. Mich interessierte nie, wer welches Land eroberte, wer über welches Land herrschte, wer welchen Krieg gewann. Das ganze Thema war mir zuwider.

„Nach dem Ende des Krieges wurde der polnische Staat neu errichtet, seine Grenzen Richtung Osten bis an die Oder verschoben. Die dort lebenden Deutschen wurden vertrieben, einige von ihnen kamen bei uns im Dorf unter."

„Aber dann konnten sie nichts dafür. Sie mussten ihre Heimat, ihre Häuser verlassen und waren sicher unglücklich."

„Glaubst du, *wir* waren glücklich? Nichts gab es nach dem Krieg, kein Heizmaterial, keine Lebensmittel - alles war knapp und musste mit den vielen Fremden geteilt werden. Wir gaben ihnen die

Schuld für unsere Armut. Ich erinnere mich, dass wir wochenlang nur Kohl und Rüben zu essen bekamen, was überhaupt nicht satt machte." Oma verzieht den Mund und lächelt gequält. „Seitdem mag ich weder Kohl noch Rüben."

Ich gieße Kaffee nach und nehme mir noch ein Stück Kuchen, der mir richtig gut schmeckt. Es ist ein seltsames Gefühl, leckeren Kuchen aus Butter, Mehl und Eiern zu genießen, während Oma von Not und Hunger erzählt. Ich weiß nicht, wie sich Hunger anfühlt, weil ich nie hungern musste. Jenni verzichtet in jedem Frühjahr fünf Tage lang radikal auf jede Nahrung. In dieser Zeit hat sie höllische Kopfschmerzen und Muskelkrämpfe. Das tut sie sich allein deshalb an, um zwei Kilogramm abzunehmen. Ich halte das für sehr bedenklich. Aber sie tut das freiwillig, während Oma, ihre Eltern und Geschwister und alle im Dorf ungewollt hungerten, weil sie keine Lebensmittel auftreiben konnten.

Oma kratzt sich am Kopf, lächelt plötzlich und blinzelt mir zu.

„Einer der Flüchtlinge gefiel mir besonders. Er hieß Berthold."

„Berthold? Der Opa hieß Berthold!"

„Genau. Er war ein schöner großer Bursche und gefiel allen Mädchen im Dorf."

Ich erinnere mich sehr gut an Opa Berthold, der immer ein Bonbon für uns Kinder aus seinen Hosentaschen zauberte. Er wusste viel über Pflanzen und Bäume und freute sich, wenn ich ihn bei seinen Wanderungen über die Felder begleitete. Wir mochten ihn alle sehr. Leider starb er vor gut zehn Jahren.

„Meine Eltern rieten mir, ihn recht schnell zu heiraten, bevor ihn eine Andere wegschnappt." Oma lacht. „Ich war vielleicht nicht die Hübscheste im Dorf, aber blitzgescheit. Es gab kaum junge und gesunde Männer nach dem Krieg und Berthold war jung *und* gesund. Mehr konnte man wirklich nicht erwarten."

Reicht es, jung und gesund zu sein, um eine Familie zu gründen? Im Fall meiner Großeltern hat es funktioniert. Sie führten eine gute Ehe und bekamen drei Kinder, Mutter war das jüngste.

„Deine Mutter war sehr engagiert in der kirchlichen Jugendarbeit."

Das kann ich kaum glauben, weil Mama alles, was mit der Kirche zusammenhängt, rigoros ablehnt.

„Als deine Mutter schwanger wurde, war sie kaum sechzehn Jahre alt. Sie hat uns erst nach Daniels Geburt verraten, wer der Vater ist." Oma streicht sich das Haar aus der Stirn und schaut mich bedeutungsvoll an. „Der Dorfpriester." Sie presst ihre Lippen aufeinander, als wäre ihr ungewollt etwas Böses aus dem Mund geschlüpft. „Ausgerechnet vom Priester! Das war natürlich eine Katastrophe für unsere ganze Familie."

„Aber wieso?"

„Weil Daniel ein Priesterkind ist."

Ich zucke ratlos mit der Schulter.

„Allein das Wort Priesterkind ist ein Widerspruch in sich, denn katholische Priester leben im Zölibat und zeugen keine Kinder. Sie dürfen ihr ganzes Leben lang nicht heiraten, sie haben keine Frauen und demzufolge auch keine Kinder. Der katholische Priester widmet sein Leben nur Gott und seinem Glauben." Oma schaut mich skeptisch an. „Weißt du das nicht?"

Ich schüttle den Kopf und schäme mich, dass ich so wenig weiß. Mich hat dieses ganze Gedöns um die Kirche nie sonderlich interessiert.

„Die Realität sieht natürlich ganz anders aus, weil jeder Priester auch nur ein Mann ist." Oma verzieht den Mund und zischt: „Männer." Das klingt abwertend. „Doch wenn solch ein Priester, der sich nicht ans Zölibat hält, weiter predigen will, muss er auf die Vaterschaft verzichten."

„Aber warum?", rufe ich aus.

„Weil es eben so ist. Evangelische Pfarrer dürfen Familie haben und mit ihnen ganz normal zusammen leben, katholische Priester dürfen das nicht."

Fassungslos schüttle ich den Kopf.

„Sofort nach Daniels Geburt ließ dieser Kerl deine Mutter sitzen."

„Sehr christlich ist das nicht."

„Nein, das ist es wirklich nicht. Von der Kanzel herunter predigte er *Wenn wir lieben und mit Liebe untereinander umgehen, dann wird Gottes Liebe auf der Erde sichtbar.* Für jeden war der kleine Daniel sichtbar, aber von Liebe zu Mutter und Kind war beim Priester nichts zu spüren. Diesem Mann war es wichtiger, von der Kanzel herunter Moral zu predigen, aber nicht, die Verantwortung für sein Kind zu übernehmen, auch nicht finanziell."

„Aber dafür gibt es Gesetze!", rufe ich aus.

„Die gelten offenbar nicht für Kirchendiener."

In Deutschland sind Kirche und Staat getrennt. Wieso also gelten für die Kirche trotzdem andere Gesetze?

„Doch das Schlimmste war, dass keiner im Dorf deiner Mutter beistand. *Sie* war die Schlechte, er nicht. Er blieb im Amt und deine Mutter bekam den Spott und die Verachtung der Nachbarn zu spüren."

„Das ist ungeheuerlich!"

Fassungslos schüttle ich den Kopf. Nichts davon habe ich gewusst.

„Warum hat Mama nie darüber gesprochen?"

„Sie wurde zum Schweigen verpflichtet und durfte den Kindsvater niemals erwähnen, obwohl es wohl jeder im Dorf wusste. Zu guter Letzt wurde deine Mutter zum Bischof in die Stadt gerufen. Er sagte, wenn sie den Mund hält, bezahlt die Kirche Daniels Ausbildung, also eine Art inoffizielle Alimente.

Wenn nicht, wird sie es bereuen."

Empört knirsche ich mit den Zähnen.

„Das ist Erpressung! Sie decken, was nicht sein darf und machen sich dadurch zum Mittäter."

Oma breitet ihre Arme aus, was wohl heißen soll, dass man da nichts machen kann.

„Wenn es den Priestern nicht erlaubt ist, eine Beziehung zu einer Frau zu haben, wieso tun sie es trotzdem?"

„Sie gehen ihren körperlichen Neigungen nach und müssen nie die Konsequenzen tragen. Der Priester durfte im Dorf bleiben und wurde von den Einwohnern weiterhin geehrt. Für deine Mutter war es schwer, ihn täglich zu sehen und doch nicht sehen zu dürfen. Sie verzehrte sich nach ihrem Liebsten, aber der ignorierte sie, als wäre sie Luft. Deshalb ging sie nie mehr zur Kirche."

„Nie mehr? Aber ich bin getauft!", rufe ich aus.

Oma denkt nach.

„Ja, das war eine seltsame Geschichte. Zehn Jahre lang hielt sich deine Mutter von der Kirche fern. Doch als du geboren wurdest, war sie verheiratet. Sie glaubte, dass damit ihre Ehre wieder hergestellt ist und sie mit deiner Taufe in den Schoß der Kirche zurückkriechen konnte. Aber die Taufe war ein furchtbares Desaster."

„Was war passiert?", frage ich und rutsche aufgeregt auf meinem Stuhl hin und her.

„Der Priester fragte die Eltern und Taufpaten, ob sie sich zum Glauben an Jesus Christus bekennen und alle sagten: *Ich glaube.* Dann fragte er, ob alle dem Bösen widersagen und alle antworteten: *Ich widersage.* Nun wandte er sich direkt an deine Mutter und fragte sie mit strenger Stimme vor all den vielen Leuten in der Kirche, ob sie trotz ihrer Verfehlung dem Bösen widersage."

„Die Verfehlung liegt wohl eher auf der Seite der Kirche."

Oma nickt.

„So ist es. Doch damals wären wir vor Scham am liebsten im Boden versunken, doch mein Berthold stand auf und rief so laut, dass es nur so in der Kirche hallte, dass der Priester das Kind segnen und ansonsten sein schmutziges Maul halten soll."

Oma kichert. „So etwas hatte es noch nie zuvor gegeben. Die Leute waren entsetzt und drohten Opa Prügel an. Aber das wagte am Ende keiner." Wieder kichert sie. "Tja, so war mein Berthold, eigentlich stand er eher abseits, doch in der Not war er da und brüllte wie ein Löwe."

Oma wischt sich mit einem Tuch übers Gesicht und rührt mit dem Löffel in ihrer Kaffeetasse, obwohl die längst leer ist.

„Noch am gleichen Tag traten deine Eltern aus der Kirche aus und ließen Jennifer nicht taufen."

„Ich begreife nicht, weshalb sie in diesem Kaff geblieben sind, wo sie gemobbt wurden."

„Gemobbt?"

„Wenn jemand gequält und schikaniert wird", erkläre ich. „Warum zogen sie nicht in die Stadt, wo Papa arbeitet?"

„Sie sind hier aufgewachsen. Da geht man nicht einfach so fort. Wir lernten in der Schule ein wundervolle Gedicht von Johanna Ambrosius:
Ich lass´ von meiner Heimat nicht,
was man auch sagen wollt´,
Sie hebt von allen Landen sich
heraus wie echtes Gold.
Lass blühn das Glück auch anderwärts
in reichrer Farbenpracht,
ich weiß, wie in der Heimat mir
die Sonne nirgends lacht.
Schön, nicht wahr?"

Ich nicke, obwohl für mich Heimat kein Ort ist, sondern ein Gefühl, wo ich mich wohl fühle. Ich fühle mich in der Stadt wohl. Erstaunlich finde ich, dass Oma dieses Gedicht im Gedächtnis behalten hat, obwohl ihre Schulzeit länger als siebzig Jahre her ist. Ich dagegen erinnere mich an kein einziges Gedicht aus meiner Schulzeit, obwohl ich Gedichte schon immer gern mochte.

Oma streicht mit der Hand ihr dünnes Haar aus dem Gesicht.

„Wo waren wir stehengeblieben?"

„Du sagtest, dass Mama nach Daniels Geburt nie

wieder in die Kirche ging."

„Richtig. Sie verließ kaum das Haus und mied die Leute im Dorf, weil sie die gehässigen Blicke nicht ertrug."

Jetzt wird mir so manches klar und ich spüre tiefes Mitgefühl für Mama und empfinde gleichzeitig eine tiefe Abneigung gegen die katholische Kirche.

„Der Spott der Nachbarn betraf nicht nur deine Mutter, sondern unsere gesamte Familie. Sie erwarteten von uns, dass wir deine Mutter mit ihrem Kind wegschicken. Denn was man nicht sieht, das gibt es auch nicht."

„Aber das habt ihr nicht gemacht."

„Natürlich nicht. Wo sollte deine Mutter auch hin mit dem Kind? Sie wohnten beide bei uns im Haus. Platzmäßig war das kein Problem, weil die beiden Großen bereits ausgezogen waren. Finanziell kamen wir gut zurecht, nur ... "

Oma spricht nicht weiter.

„Was war denn?"

„Deine Mutter wusste mit Daniel nichts anzufangen. Sie war zu jung und außerdem unglücklich. Vielleicht hat sie den Leuten geglaubt, dass ein uneheliches Kind nichts wert ist und konnte deshalb ihr Kind nicht lieben."

„Aber Daniel kann doch nichts dafür!"

„Natürlich nicht. Trotzdem wollte sie ihn nicht stillen und auch nicht im Dorf spazieren fahren. Sie packte ihn einfach in die Kinderkutsche und stellte ihn hinters Haus. Dort musste sie ihn nicht sehen und nicht einmal hören, wenn er weinte."

Mama hat ihr eigenes Kind nicht geliebt? Ihren Erstgeborenen. Gibt es so etwas? Keiner im Dorf mochte den kleinen Daniel, warum also sollte sie es tun?

Weder Daniel noch ich wurden von Mama geherzt und geküsst oder in den Arm genommen. Darüber machte ich mir keine Gedanken, weil ich es nicht anders kannte. Erst viel später bemerkte ich, dass Mama nur zu Jenni zärtlich war und sie für alles lobte, was sie tat. Ich dagegen machte ihr nichts recht. Auch Daniel nicht. Sie ohrfeigte mich, wenn ich ihr widersprach. Papa schlug mich nie. Er nahm mich ebenso herzlich in die Arme wie Jenni.

Zumindest weiß ich jetzt, warum Mama Daniel ablehnte, obwohl ich es nicht verstehe. Ich verstehe auch nicht, warum sie auch mir gegenüber kalt war. Wollte sie mich nicht? Erst zu Jenni war sie lieb und zärtlich. Ich dachte damals, das liegt an mir, weil ich keine blonden Locken hatte wie Jenni. Jenni lachte viel, ich nicht.

„Auch für uns war die Situation schwierig", erzählt Oma weiter. „Unsere gesamte Familie lebte streng im katholischen Glauben und wir fürchteten lange, dass uns Gottes Zorn treffen wird, weil Opa in der Kirche den Priester zurechtwies. Aber nichts passierte. Auch nicht, als Berthold verkündete, dass der Priester nur dann ein Priester ist, wenn er auf der Kanzel seine Predigt hält. Ansonsten ist er ein gewöhnlicher Mann wie alle anderen auch, nur nicht so rechtschaffen."

Das ist offensichtlich – zumindest für mich. Oma half ihrer Tochter, aber sie hat wohl erst später verstanden, wie heuchlerisch die Kirche ist.

„Natürlich waren wir zuerst über Bertholds ketzerische Worte entsetzt. Aber am Ende begriffen wir, dass er Recht hat. Der Priester stand nicht zu seiner Verantwortung und der Bischof verlangte, dass wir lügen, obwohl das achte Gebot lautet: *Du sollst nicht lügen.* Doch woran sollten wir glauben, wenn plötzlich das gesamte Alte verkehrt war?"

„Vermutlich muss das jeder selbst für sich herausfinden", sage ich.

Wieder seufzt Oma.

„Du bist jung und hast nichts gelitten. Also weißt du auch nicht, was wir gelitten haben."

Genervt rolle ich mit den Augen.

„Wieso? Jeder hat einen Kopf zum Denken und weiß, was gut für ihn ist und was nicht", gebe ich schnippisch zurück.

„Und doch ist es leicht, eine gewohnte Regel zu befolgen, aber schwer, wenn man erkennt, dass diese Regel nichts taugt. Woran soll man sich nun orientieren?"

Hilflos zucke ich mit der Schulter, denn auch ich halte gern an Festgelegtem fest, weil es mir vertraut und angenehm ist. Ich mag nicht nach Veränderung suchen, weil ich zufrieden bin. Timo und Jenni halten mich genau deshalb für beschränkt. Oma ist nicht einfältig, weil sie erst spät merkte, wie falsch die alten Regeln waren.

„Entschuldige!", murmle ich. „Bitte erzähle weiter. Was hat Mama damals gemacht nach Daniels Geburt?"

„Deine Mutter war gerade mit der Schule fertig, als Daniel geboren wurde und wollte eine Lehre in der Tierarztpraxis beginnen. Doch dort wollte man sie nicht mehr."

„Aber warum?"

„Jeder hat einen Kopf zum Denken", wiederholt Oma meine Worte und lächelt spöttisch. „Deine Mutter hatte ein Kind zu versorgen und keine Zeit für die Ausbildung." Sie klopft auf meinen Arm. „Da sie keinen Arbeitsvertrag hatte, verdiente sie auch kein Geld. Sie half hin und wieder einem Bauern, mal auf dem Feld, mal im Stall. Aber das gefiel ihr nicht, zumal der Bauer ihr nachstellte und sie Hure nannte."

„Was?", rufe ich empört aus.

„Unverheiratet ein Kind zu bekommen war damals eben eine Sünde, noch dazu auf dem Land in einer erzkatholischen Gegend."

Das kann man sich heute kaum noch vorstellen. Ob man verheiratet ist oder nicht, ob man Kinder hat oder nicht, jeder darf so leben wie er mag.

„Hinzu kam die Flurbereinigung."

„Was ist das?"

„Die Felder sollten neu aufgeteilt werden, um sie praktischer bewirtschaften zu können und Platz für neue Straßen zu schaffen."

„Das ist doch eine gute Sache."

„Theoretisch schon, doch die Böden rings um den Ort sind verschieden. Der eine taugt für Hafer, der nächste nur zur Viehweide. Die Grenze zwischen den Feldern bildeten Knicks, also Sträucher und Bäume oder Wassergräben. Das sollte nun alles weg. Manche Bauern freuten sich, andere waren wütend, weil sie ihr Land behalten wollten."

Oma schaut mich prüfend an, weil sie nicht glaubt, dass ich davon nichts in der Schule lernte.

„Des Einen Leid ist des Anderen Freud. Für mich war diese ganze Veränderung gut, weil ich in der Gemeinde Arbeit bekam. Aber auch diese Medaille hatte zwei Seiten, denn einesteils konnten wir das Geld gut gebrauchen, doch andererseits hatte ich eine Menge Ärger."

„Aber warum?"

„Dafür gab es gleich mehrere Gründe. Zum ersten musste ich die Beschwerden der Bauern bearbeiten und war oft Zielscheibe ihrer Wut. Zum zweiten war ich verheiratet und eine Frau gehört nun mal ins Haus. So dachte man damals. Aber ich wollte mein eigenes Geld verdienen und meinen

Mann nicht um jeden Groschen bitten müssen."

„Natürlich nicht", stimme ich zu.

„Zwar braucht seit 1969 keine Frau mehr die Erlaubnis ihres Mannes, wenn sie arbeiten gehen oder ein Geschäft abschließen möchte, aber bei uns auf dem Dorf war wohl die Zeit stehen geblieben."

1969 - das ist schon ewig her. Daran erinnert sich kaum noch ein Mensch. Heute geht jeder einer Arbeit nach, weil er Geld für seinen Lebensunterhalt verdienen muss, gleichgültig, ob Frau oder Mann.

„Deshalb habe ich deiner Mutter von Anfang an gesagt, dass sie einen ordentlichen Beruf lernen muss. Früher blieben die meisten Frauen daheim, sobald sie verheiratet waren."

Auf diese Idee wäre ich nie gekommen. Ich liebe meine Arbeit und wäre nur daheim geblieben, wenn ich Kinder hätte. Der Gedanke an meine drei Sternenkinder stimmt mich sofort wieder traurig und ich gieße mir Kaffee nach, damit Oma nicht meine nassen Augen sieht.

„Inzwischen gab es einen Kindergarten im Dorf, wo Daniel ab seinem dritten Lebensjahr den ganzen Tag betreut wurde. So konnte ich deiner Mutter eine Ausbildung in der Ortsverwaltung vermitteln."

„Dort arbeitet sie noch heute."

„Richtig."

„Dein Vater hatte schon lange ein Auge auf deine Mutter geworfen. Aber sie zierte sich und lehnte ihn immer wieder ab. Ich weiß nicht, ob sie dem Priester nachtrauerte oder die Nase voll hatte von Männern. Sie hat nie darüber gesprochen. Dann baute dein Vater das große Haus am Waldrand und deine Mutter fing an, Vorschläge zu machen, wie die Küche ausgerichtet sein soll und wo die Terrasse hingehört. Als das Haus fertig war, heirateten deine Eltern und ich verlangte, dass sie Daniel zu sich holen. Er lebte ja bei mir, als wäre er mein Kind. Doch ein Kind gehört zu seiner Mutter. Die Kirche setzte deinen Vater unter Druck, Daniel als seinen Sohn anzuerkennen. Er tat es auf dem Papier, aber nicht mit dem Herzen."

Mir fällt Daniels Geburtsurkunde ein, auf der Vaters Name mit einer andersfarbigen Tinte eingetragen ist. Nun kenne ich den Grund. Trotzdem verstehe ich nicht, weshalb die Eltern Daniel ablehnten. Er kann schließlich nichts dafür, dass er von einem Priester gezeugt wurde. Vielleicht wollte Papa kein fremdes Kind und Mama fühlte sich verpflichtet, zu ihrem Mann zu halten.

Oma räuspert sich.

„Der Vater ist immer ungewiss."

„Wen meinst du? Den Priester?"

„Was weißt du schon, welche Geheimnisse unsere Vorfahren mit ins Grab genommen haben?"

„Aber wer?"

„Ich habe genug gesagt, mehr als gut ist." Leise fügt sie hinzu: „Es verliert die schwerste Bürde ihren Druck, wenn man von ihr reden kann."

Meint Oma jetzt sich selbst? Oder Mama? Kennt Daniel die ganze Geschichte? Kennt er seinen Vater? Oder kennt er nur die üblen Rufe der Kinder? War er traurig? Ich habe nichts davon gemerkt, weil alles so war wie immer. Daniel war und blieb ein Außenseiter. Jedenfalls spürte er, dass er nicht erwünscht ist. Deshalb wollte er weg und zwar so weit wie irgend möglich. Und weiter als Argentinien geht es nicht.

*****

Gibt man bei Google Priesterkind ein, stößt man zuerst auf sexuellen Missbrauch von Kindern. Die Kirche weist diesen Vorwurf weit von sich, zumal Missbrauch innerhalb der Familien und beim Sport weit verbreitet ist. Das heißt, sie halten Übergriffe für normal und entschuldigen somit ihre eigenen. Allein in Deutschland gibt es mehr als fünftausend Priesterkinder, fünf Prozent davon entstanden durch Missbrauch. Die Kirche schützt die Täter. Erst jetzt beginnt man mit der Aufarbeitung der Straftaten.

Katholische Priester erkennen ihre Kinder nicht an, sind aber gleichzeitig gegen den Abbruch einer Schwangerschaft und begründen dies mit der Heiligkeit menschlichen Lebens, das als Geschenk Gottes angesehen wird. Der Papst schreibt in seiner Erklärung über Schwangerschaftsabbrüche, dass der Mensch gegen alles, was ihn zerstört oder erniedrigt, geschützt werden muss.

Warum hat die Kirche Mama nicht geschützt, sondern bewusst erniedrigt und aus der Dorfgemeinschaft ausgeschlossen? Laut katholischer Kirche gilt jeder Mensch als Bruder von Jesus Christus. Daniel hat sich ganz sicher nicht als Bruder von Jesus Christus gefühlt. Er wurde offen verspottet und als Bastard beschimpft, obwohl er nichts dafür kann, dass sich der Priester an seiner Mutter verging. Aus Sicht der katholischen Glaubenslehre beginnt der ungeborenen Mensch im Augenblick der Zeugung zu existieren und bekommt von diesem Moment an seine Menschenwürde. Nicht so Daniel. Er erfuhr keine Menschenwürde, weder im Dorf noch in der Schule, nicht einmal von meinen Eltern. Die Priester behalten sich das Recht vor, das menschliche Gewissen zu unterrichten. Aber dieser Priester hatte kein Gewissen, als er Mama schwängerte und dann im Stich ließ. Auch der Bischof hatte kein Gewissen, als er Mama befahl zu schweigen. Bezahlte die Kirche das Geld für das teure Internat? Ich weiß es nicht, kann es mir aber inzwischen vorstellen.

Immerhin verstehe ich jetzt, warum meine Eltern und Oma nichts mit der Kirche zu tun haben wollen und warum Mama nicht glücklich ist, dass Jenni in der Kirche heiratete.

Auch Daniel will kirchlich heiraten. Vielleicht kennt er seine Geschichte nicht. Oder er will sich nur den Traditionen in Argentinien anpassen.

Oma sprach von göttlicher Fügung, von Schicksal, dem keiner entgeht. Jeder muss angeblich nur so viel ertragen, wie er aushalten kann.

Ich glaube nicht an Vorbestimmung, sondern an Möglichkeiten. Man hat immer eine Wahl, wenn auch manchmal nur zwischen denkbar schlechten Möglichkeiten.

Hätte Mama nicht den Priester gewählt, wäre alles anders gekommen. Aber der Priester hätte auch sein Kind und nicht sein Amt wählen können. Dann hätte Papa Mama nicht wählen können und mich gäbe es gar nicht. So gesehen muss ich dankbar sein, dass alles so gekommen ist, wie es am Ende gekommen ist.

Ich bitte Oma um Daniels Adresse, weil ich ihm unbedingt schreiben will. Doch als ich am Computer sitze, weiß ich nicht, womit ich anfangen soll nach all den Jahren, in denen wir kein Wort miteinander wechselten. Wir lieben uns nicht. Wir kennen uns nicht einmal. Wir sind uns völlig fremd. Was also soll ich schreiben? Und warum? Würde mir Daniel antworten? Würde er meinen Brief überhaupt lesen? Ist es nicht einfacher, per Whats-

App einen lockeren Kontakt zu probieren? Bilder und kurze Infos schicken. Oder ist es überhaupt Unsinn, nach so vielen Jahren meinen Bruder kennenzulernen? Es bringt ja nichts. Er wohnt mehr als zehntausend Kilometer von mir entfernt. Wir werden uns vermutlich im ganzen Leben nie mehr sehen.

Es ist schon dunkel, als ich nach Hause fahre. Ich singe das Lied mit, das gerade im Radio läuft, obwohl es mir nicht gefällt. Es liegt an der klagenden Melodie und am Sänger, der in einer hohen Bubenstimme schrecklich jammert. Ich singe nur im Auto, weil ich gar nicht singen kann und trotzdem gern miträllere. Oft geht mir ein Lied, das ich am Morgen im Auto hörte, den ganzen Tag nicht mehr aus dem Kopf.

Am Ortsausgang muss ich anhalten, um ein von rechts kommendes Auto vorbeizulassen. In diesem Moment klopft es an meine Autoscheibe, was mich derart erschreckt, dass meine Hände und Füße in die Höhe schnellen und der Motor abwürgt. Ich hatte in der Dunkelheit niemanden gesehen. Wie aus dem Nichts steht eine Frau neben meinem Wagen und klopft noch einmal. Ich drehe die Fensterscheibe einen winzigen Spalt herunter.

„Ich würde an Ihrer Stelle die Scheinwerfer einschalten", sagt sie und verschwindet wieder in der Finsternis.

Scheinwerfer einschalten? Bin ich die ganze Zeit ohne Licht gefahren? Das hätte böse ausgehen können. Bedanken kann ich mich bei der Frau nicht mehr, sie ist längst nicht mehr zu sehen.

*****

Eigentlich wollte ich erst nach Hause fahren, wenn mich Timo anruft. Aber inzwischen ist mir klar geworden, dass er nicht melden wird, wie brav er aufgeräumt hat. Außerdem ist es auch mein Zuhause. Die Stube sieht tatsächlich ordentlich aus, nichts liegt herum, weder Verpackungen noch Wäsche. Timo sitzt noch immer auf dem Sofa und schaut gleichzeitig in den Fernseher und auf sein Handy.
„Hat sich Madame wieder eingekriegt und mit der lieben Schwester über den bösen Mann gelästert?"
„Ich war nicht bei Jenni. Ich war bei Oma."
Das scheint Timo nicht zu überraschen, denn er schaut nicht auf und wischt weiter auf seinem Handy herum.
„Nun weiß eben deine Oma, dass ich eine Pizzaschachtel liegenließ."
Es war nicht nur eine Pizzaschachtel, aber ich sage nichts dazu.
„Oma hat mir viel aus der Vergangenheit erzählt. Ich weiß jetzt ..."
„Was gehen mich die Probleme deiner Oma an?", unterbricht mich Timo. „Alte Leute reden nur von

Krankheiten und blöden alten Schlagern."

„Oma nicht. Oma hat …"

„Ich will´s nicht hören. Halte endlich den Mund! Ich will die Sendung sehen."

Für Timo bedeutet alt *veraltet,* dagegen steht neu für besser. Dabei ist nicht alles, was neu ist, automatisch gut oder gar besser als das alte. Ich hätte ihm gern von Daniel und seinem Erzeuger erzählt, aber Timo will nichts hören. Laut einer britischen Studie ist es kein böser Wille, wenn Männer nicht zuhören. Männer und Frauen denken und handeln grundverschieden, trotzdem ärgere ich mich jetzt über Timo, der mir nicht zuhören will.

Büro

„Dein Kalender ist hübsch", lobe ich den Einkauf meiner Kollegin Jacki.

Eigentlich heißt sie Jaqueline, aber so nenne ich sie nur, wenn ich verärgert bin.

Der neue Kalender für das nächste Jahr ist nicht größer als eine Ansichtskarte, hat einen festen Einband mit einer Klappe und Magnetverschluss. Mir gefällt besonders der wunderschöne Aufdruck aus rosa, blauen, grünen und braunen Blättern und Zweigen.

„Wo hast du den her?"

„Amazon."

„Du kaufst bei Amazon?", frage ich empört.

„Warum nicht? Der Einkauf funktioniert ganz praktisch vom Handy."

„Das mag praktisch sein, trotzdem solltest du Amazon boykottieren."

„Machst du Witze?" Jacki lacht. „Warum sollte ich?"

„Die Mitarbeiter leiden unter katastrophalen Arbeitsbedingungen. Sie streiken."

„Na und? Ich halte nichts von Streik."

„Aber sie werden nicht fair bezahlt."

„Das stimmt nicht, denn schon Ungelernte erhalten zwei bis drei Euro mehr als der Mindestlohn."

„Wirklich?"

„Wirklich! Der Vorwurf der Unterbezahlung ist komplett falsch."

„Die erlauben nicht einmal eine Gewerkschaft", fällt mir ein.

„Na und? Ich halte auch nichts von Gewerkschaften."

„Was bist du nur für ein Mensch, Jaqueline? Du unterstützt eine Firma, die ihre Mitarbeiter streng überwacht."

Jacki lacht und tippt mit ihrem Finger an die Stirn.

„Bist du so naiv oder tust du nur so? Meinst du, du wirst nicht überwacht? Mit Chipkarte auf Arbeit und mit Kameras im Bus, in deinem neuen Auto und über dein Handy. Gleichgültig, was du in dein Handy eingibst oder hier in den Computer, nichts bleibt unserem Chef oder sonstwem verborgen."

So krass sehe ich das nicht. Außerdem habe ich nichts zu verbergen.

„Aber Amazon arbeitet direkt für die CIA, das habe ich in den Nachrichten gehört."

Jacki feixt spöttisch.

„Keiner weiß, was mit den Daten aus deinem Handy passiert, wer die auswertet: Polizei oder gleich die USA, wo schon jetzt alle deine Zahlungen landen."

„Welche Zahlungen?"

„Onlinebanking per Handy."

Meine Sparkasse sagt, dass Zahlungen per Handy absolut sicher sind. Die Filiale in meiner Nähe ist außerdem schon seit drei Jahren geschlossen, weil kein Mensch mehr in eine Bank geht, nicht einmal meine Eltern. Timo hat sogar nur eine reine Onlinebank.

„Jetzt übertreibst du aber!", versuche ich, sie zu bremsen. „Immerhin stimmt es, dass Amazon den Einzelhandel tötet."

„Ganz im Gegenteil! Amazon organisiert gerade für Kleinhändler professionell den Verkauf."

„Mag sein, aber sie verlangen dafür hohe Gebühren, was den Verdienst der Geschäfte schmälert."

„Immerhin verdienen sie, was ohne Amazon heute kaum noch funktioniert. Die meisten Leute kaufen nicht mehr im Laden, sie lassen sich alles liefern. Auch von Thalia."

Thalia ist kein Kleinhändler, sondern eine recht

große Buchhandelskette, die es ganz sicher nicht nötig hat, über Amazon zu verkaufen. Ich kaufe meine Bücher immer bei Thalia. Meist gehe ich in den Laden und stöbere vor Ort in den Regalen. Ich mag den Geruch von Papier und Leim und auch das Rascheln der Seiten beim Umblättern. Vor allem aber mag ich, dass Bücher voller gedruckter Worte und Sätze sind. Komplette Sätze. Nicht die Kurzformen bei WhatsApp wie *LG* für liebe Grüße oder noch schlimmer englische Kürzel wie *bb* statt tschüss. Ich wusste auch lange nicht, dass die Zahl 143 *ich liebe dich* bedeutet. Die gedruckten Worte bleiben in den Büchern und verschwinden nicht wie im Handy, wenn der Akku leer ist.

„Wie kommst du jetzt auf Thalia?"

„Ich wollte bei Thalia einen Taschenkalender kaufen."

„Da gibt es viele, einer schöner als der andere."

„Das stimmt, doch keiner hatte die Einteilung, die ich suchte. Deshalb bat ich die Verkäuferin, die in meiner Nähe stand, mir einen ganz bestimmten Kalender von Paperblanks zu bestellen. Die Verkäuferin schaute nicht in ihren Computer, sondern verwies mich auf eine Frau, die *irgendwo da hinten* ist. Natürlich suchte ich nicht nach dieser Frau."

„Warum nicht?", wundere ich mich. „Sie wird für die Bestellungen zuständig sein."

„Mag sein, aber sie stand direkt am Computer und hätte leicht meine Bestellung eingeben können. Ich hasse es, wenn Kollegen sagen, das sei nicht ihre Aufgabe." Jacki schnieft durch die Nase. „Ich war total wütend und setzte mich demonstrativ auf den Hocker direkt vor ihre Nase."

Was wollte sie damit erreichen? Die Verkäuferin zwingen, ihr zu helfen? In dieser Zeit hätte sie leicht die andere Frau im Laden finden können.

„Ich gab *Paperblanks Kalender vertikal* in mein Handy ein und landete sofort bei Amazon …"

„Siehst du, die krallen sich alles."

„Warte ab! Die Geschichte ist noch nicht zu Ende. So fand ich ratzbatz diesen wunderschönen Kalender", Jacki hält ihren neuen Kalender hoch und dreht ihn vor meiner Nase hin und her, „der mir schon drei Tage später geliefert wurde. Weißt du, von wem?" Jacki hebt ihren Zeigefinger und schaut mich bedeutungsvoll an. „Von Thalia! Also genau von dem Laden, wo man mich nicht bediente."

Das Telefon klingelt. Conny springt auf und schreit: „Will wieder keiner abheben? Immer muss *ich* rangehen!"

„Stimmt gar nicht!", gibt Jacki lachend zurück und verschränkt ihre Arme hinter dem Kopf.

Aber auch sie hebt nicht ab.

„Wer sagt, dass du rangehen musst?"

Während sich die Kollegen wörteln, greife ich zum Hörer und nehme das Gespräch an.

„Du drängst dich vor! Wie immer!", tadelt Conny,

die eben noch behauptete, dass immer sie ans Telefon gehen muss.

„Ich dränge mich nicht vor, ich will nur helfen."

Alle lachen und rufen im Chor: „Ich will doch nur helfen."

„Was ist falsch am Helfen?"

„Wenn dich keiner um Hilfe bittet, wird deine Hilfe nicht gebraucht", weist mich Jacki zurecht. „Dann ist es Einmischung."

Betreten schweige ich. Man braucht also einen Auftrag, um helfen zu dürfen. Das habe ich schon oft gehört, aber ich verstehe es trotzdem nicht.

„Einer muss ja das Telefon abheben."

„Aber nicht jedes Mal du!"

Wieder lachen alle und sind gleichzeitig zufrieden, dass ich die Arbeiten übernehme, die sie nicht gern erledigen. Warum sagt keiner offen, dass er nicht gern ans Telefon geht? Überhaupt sagt keiner von ihnen, was er denkt und schon gar nicht, was er eigentlich sagen will. Jeder hört, was er zu hören glaubt und nicht das, was gesagt und gemeint ist. Man versteht eben nur das, was man schon kennt. Und man hört nur das, wozu man bereit und in der Lage ist. Ich bin nicht in der Lage, sachlich zu bleiben. Ich höre nur, dass ich alles falsch mache. Mal heißt es, ich mische mich ungebeten ein. Halte ich mich zurück, ist es auch nicht richtig. Das macht mich unsicher. Am liebsten würde ich dann alles stehen und liegen lassen und fortlaufen. Aber das wage ich natürlich nicht.

Jacki ist mein heimliches Vorbild. Sie sagt, was sie denkt, aber offenbar anders als ich, denn jeder mag sie. Mich mögen sie nicht.

„Weil du kompliziert bist", weiß Jacki.

Ich finde nicht, dass ich kompliziert bin. Nicht *ich* bin kompliziert, sondern das ganze Leben. Sobald ich die Wohnung verlasse, spüre ich viele Gefahren und bekomme Angst. Vielleicht sollte ich genau wie Jacki online einkaufen, dann muss ich keinen Laden mehr betreten. Schon der Weg draußen auf der Straße ist jedes Mal eine Herausforderung für mich. Ich höre Gesprächsfetzen von vorbeieilenden Menschen, ein Kind in der Ferne schreien, ein Auto hupen und vieles mehr – alles gleichzeitig. Timo hört nichts, was ihn nicht direkt betrifft. Ich weiß nicht, wie man das macht, etwas, was ich höre, nicht zu hören, weil es mich nicht betrifft. Ich höre das Kind und das Auto trotzdem, obwohl es mich nicht betrifft.

Lenya

Ich stehe im Supermarkt am Regal und weiß nicht mehr, was ich herausnehmen wollte. Hinter meinem Rücken höre ich zwei Frauen über ihre Männer tuscheln. Das bringt mich ganz durcheinander.

Vor mir sehe ich verschiedene Sorten Nudeln und Mehl, aber ich weiß nicht mehr, was ich kaufen wollte. Genervt schaue ich auf meinen Zettel und sehe, dass ich Spaghetti brauche und Tomatensoße. Nun fehlt nur noch Brot und ich kann zur Kasse und endlich nach Hause.

Es ist spät. Timo wird bereits daheim sein und auf mich warten. Und er wird mich wieder fragen, wo ich mich so lange verträdelt habe. Aber ich trödle nicht. Ich beeile mich und versuche, die vielen Geräusche um mich herum auszublenden. Es gelingt mir nicht. Das Brummen der vorbeifahrenden Autos erschreckt mich, ebenso die eiligen Schritte der Passanten. Als direkt neben mir eine Hupe ertönt, ergreife ich die Klinke der nächstbesten Haustür, doch die Tür ist verschlossen. Ich setze meine Einkaufstasche ab und presse meine Hände gegen die Stirn, weil es dahinter schrecklich hämmert und pocht.

Plötzlich zupft jemand an meiner Jacke.

„Hast du Kopfweh?", fragt ein kleines Mädchen.

Das Kind ist maximal vier, eher erst drei Jahre alt, hat schwarze Locken, trägt ein rot-gelb geblümtes Kleid und darüber eine rote Jacke. Niedlich, denke ich.

„Meine Mama hat auch immer Kopfweh", piepst es und schaut mich ernst aus riesigen dunklen Augen an.

„Wo ist deine Mama?", frage ich, weil ich weit und

breit niemanden sehe, der nach einem Kind Ausschau hält.

Das Mädchen zuckt mit der Schulter.

„Was machst du hier so allein?"

„Ich suche eine Mama."

Ich verstene *eine* Mama, aber sie meint sicher *meine*, also ihre Mama.

„Ich helfe dir", biete ich an und ergreife die kleine Hand. „Wo bist du denn mit deiner Mama gewesen? Im Park?"

Die Kleine schüttelt den Kopf.

„Im Supermarkt?"

Wieder schüttelt sie den Kopf.

„Aber wo könnte deine Mama sein?"

„Ich weiß es nicht. Deshalb suche ich sie."

Das klingt logisch, hilft mir aber nicht weiter. Ich ziehe mein Handy aus der Tasche und erkläre dem Kind, dass ich jetzt Hilfe hole.

„Die Polizei brauche ich nicht. Ich brauche eine Mama."

Schnell zieht sie ihre Hand aus meiner und rennt davon. Ich laufe ihr nach. Nach nur wenigen Schritten biege ich um eine Häuserecke, doch das Kind sehe ich nicht. Die Straße ist leer. Weder auf dem Fußweg noch auf der anderen Straßenseite entdecke ich das rot-gelb leuchtende Kleid und die rote Jacke. Hat sie sich in einem Hauseingang versteckt?

„Hallo! Wo bist du?", rufe ich.

Zwischen den Häusern befinden sich kleine Grünflächen mit Sträuchern und Blumen, wo sich das Mädchen leicht verstecken kann. Es ist aussichtslos, die Kleine zu finden. Nach einer Weile gebe ich meine Suche auf und tröste mich damit, dass sie wohl in einem der Häuser wohnt und längst daheim bei ihrer Mutter ist.

Langsam gehe ich zurück und sammle meine Einkaufstasche ein.

„Wo warst du so lange?", blafft Timo. „Ich wollte schon Pizza bestellen."

Ich erzähle von der Begegnung mit dem hübschen kleinen Mädchen.

„Sie war wie vom Erdboden verschluckt", schließe ich meinen Bericht.

„Ach, du hast wieder nur geträumt. Manchmal geht mir deine blühende Fantasie auf den Senkel."

„Wie meinst du das?"

„Genauso, wie ich es sage. Mach lieber was zu essen."

Seine Stimme ist kalt. Ich bin den Tränen nahe, weil ich diese Kälte nicht aushalte, weil ich manchmal Timo nicht aushalte und trotzdem liebe.

Er nimmt sein Handy, wischt über das Display und konzentriert sich auf seine Nachrichten. Ich weiß, dass Timo sachliche Informationen über Fußballer und Rennfahrer wichtiger sind als meine Geschichte über ein kleines Mädchen, das ich unterwegs traf. Das kränkt mich nicht. Mich kränkt sein herablassender Ton, mit dem er mich zurechtweist und korrigiert, als sei ich nicht seine Frau, sondern ein Kind.

*****

Zwei Tage später sehe ich das kleine Mädchen auf den Treppenstufen vor einem Hauseingang sitzen. Es trägt das gleiche rot-gelbe Blümchenkleid unter der roten Jacke und lacht mich offen an.

„Hier wohnst du also?"

Die Kleine zuckt mit der Schulter. Dann steht sie auf und ergreift meine Hand.

„Ich habe auf dich gewartet", verkündet sie strahlend. „Freust du dich?"

„Natürlich freue ich mich."

„Ich komme mit zu dir."

„Das geht nicht."

„Warum?"

„Dann sucht dich deine Mama."

„Nein, die sucht mich nicht. Ich komme mit."

Ich kauere mich hin und ergreife beide Arme der Kleinen. Ihre Augen leuchten, aber ihr Mund ist trotzig verkniffen.

„Wie heißt du eigentlich?", frage ich, obwohl das im Moment nicht von Bedeutung ist.

Gleichzeitig überlege ich fieberhaft, wie ich die Kleine daran hindern kann, mir zu folgen.

„Lenya."

„Lena also."

„Nein!" Sie stampft mit dem Fuß auf. „Le-ny-a."

Der Name klingt fremd. Dazu passen die großen dunklen Augen und die schwarzen Locken. Aber sie spricht akzentfrei deutsch.

„Lenya also", korrigiere ich. „Und weiter?"

Lenya antwortet nicht. Sie wickelt ihre Haare um die Finger. Vielleicht kennt sie ihren Nachnamen nicht. Rasch überfliege ich die Namen auf den Klingelschildern. Huber, Schmid, Maier, Roth, Kaiser und Nguyen. Entschlossen drücke ich auf die Klingel mit dem asiatischen Namen Nguyen. Es meldet sich niemand, aber der Türsummer brummt und ich stemme mich gegen die Haustür und halte sie auf. Die Tür ist so schwer, dass ein Kind wie Lenya sie nicht allein aufdrücken kann. Deshalb saß sie wohl auf der Treppenstufe und wird sich am Ende noch erkälten.

„Du kriegst einen kalten Popo", sage ich.

Doch Lenya ist nicht mehr hier. Sicher schlüpfte sie an längst mir vorbei, ich habe es nur nicht bemerkt. Ich gehe einige Schritte in den Flur hinein und lausche, höre aber kein Trippeln auf der Treppe.

„Lenya?", rufe ich und noch einmal lauter: „Lenya!"

„Ban mon gi? Was Sie wollen?"

„Ist Lenya oben?"

„Hier gibt kein Lena."

Eine Tür schlägt zu.

Was soll ich jetzt machen? Hat mich das Mädchen zum Narren gehalten? Unsicher und leicht verärgert gehe ich nach Hause.

„Weil du dich überall einmischst!", schimpft Timo.
„Was gehen dich fremde Kinder an?"
„Die Kleine hat …"
„Was hat das mit dir zu tun? Halte dich gefälligst raus!"
„Ich habe nur …"
„Ich weiß schon, was du hast. Du brauchst mir nichts zu erzählen. Lass gefälligst fremde Kinder in Ruhe!"
„Warum …?"
„Warum, warum? *Darum!* Es geht nicht immer nach deinem Kopf. Sieh das endlich ein!"
Resigniert gebe ich auf, Timo die Situation zu erklären. Er hört mir nicht zu und weiß alles besser. Vor allem weiß er, dass ich alles falsch mache.

*****

Am nächsten Tag nehme ich einen anderen Heimweg, weil ich nicht einkaufen muss. Trotzdem schaue ich mich um, ob ich Lenya sehe. Ich sehe sie nicht, was mich erleichtert und gleichzeitig ein wenig enttäuscht.
Ich sperre die Haustür auf und laufe die Treppe hinauf. Auf dem ersten Absatz sitzt Lenya.

„Was machst du hier?", fahre ich sie an und bereue sofort meine heftige Reaktion.

„Ich warte auf dich", antwortet sie gleichmütig.

„Woher weißt du, wo ich wohne?"

Eigentlich spielt das keine Rolle. Wichtig ist nur, dass sie nach Hause gehört und zwar sofort.

„Ich bin dir nachgelaufen."

Warum habe ich das nicht gemerkt, obwohl ich mich oft umdrehte. Heute kann es nicht gewesen sein, denn sie saß bereits im Haus, als ich herein kam.

„Was willst du eigentlich von mir?"

„Ich habe dich gesucht und gefunden und jetzt bleibe ich hier", verkündet Lenya ernst.

„Das geht nicht. Ich bringe dich nach Hause. Jetzt!"

„Erst will ich etwas trinken." Sie neigt den Kopf ein wenig zur Seite, schaut mich treuherzig aus ihren dunklen Augen an und haucht: „Bitte!"

Darf man einem kleinen Kind die Bitte nach einem Getränk ablehnen? Vermutlich nicht. Ich schließe die Tür auf. Lenya schlüpft sofort hinein und sieht sich interessiert um.

„Das ist Lenya", stelle ich sie Timo vor. „Ich habe dir von ihr erzählt."

„Was soll das?", poltert er los. „Schleppst du jetzt fremde Kinder ins Haus?"

„Sie möchte nur etwas trinken." Ich wende mich an das Mädchen und frage: „Möchtest du Saft oder Kakao?"

Lenya lächelt, antwortet aber nicht. Also hole ich Apfelsaft aus dem Kühlschrank und gieße ihn in ein Glas.

„Setz dich!"

Ich ziehe einen Stuhl unter dem Tisch hervor und zeige darauf.

„Vorher muss ich Pipi machen und danach meine Hände waschen."

Ich zeige mit der Hand Richtung Badtür, hinter der Lenya gleich verschwindet.

„Hast du sie noch alle?", schreit Timo.

„Nicht so laut!", bitte ich. „Sie kann …"

„Sie kann mich mal! Wozu hast du deinen Kopf? Man denkt nach, bevor man etwas tut. Das gilt auch für dich! Du handelst, ohne nachzudenken."

„Ich denke …"

… *schnell und handle intuitiv*, wollte ich sagen.

„Gar nichts denkst du! Weiß ihre Mutter, dass sie hier ist?"

„Nein, ich .."

„Du bringst uns in Teufels Küche! Man schleppt nicht einfach fremde Kinder an. Damit machst du dich strafbar und ziehst mich in den Schlamassel mit rein. Ich will damit nichts zu tun haben! Hast du verstanden?"

Ich nicke.

„Ob du verstanden hast?"

In diesem Moment kommt Lenya zurück und lobt das Bad.

„Du hast schöne rote Handtücher. Rot ist schön. Die blauen gehören dem Mann, nicht wahr?"

Sie zeigt auf Timo und wirkt gelassen, obwohl sie seine wütende Stimme mit Sicherheit gehört hat.

„Du bringst das Kind sofort hier weg! Hörst du? Sofort!"

„Ich bleibe jetzt hier", verkündet Lenya ruhig, setzt sich an den Tisch und trinkt ihren Apfelsaft.

„Ich weiß nicht, wo Lenya wohnt."

Timo fasst sich mit beiden Händen an den Kopf und stöhnt.

„Was weißt du überhaupt? Rufe die Polizei!", befiehlt er.

„Ich mag keine Männer, die so laut schreien", sagt Lenya ruhig.

„Ich auch nicht", stimme ich zu.

„Mir reicht´s!", brüllt Timo. „Schaff mir den Fratz aus den Augen und zwar sofort!"

Lenya zuckt kurz zusammen und blinzelt mir im nächsten Augenblick verschwörerisch zu. Ich werde aus dem Kind nicht schlau.

„Timo hat Recht, du darfst hier nicht bleiben. Erst, wenn es deine Mama erlaubt, darfst du uns besuchen."

„Aber sie erlaubt es!"

„Dann muss sie es mir sagen. Am besten, wir gehen gleich zu ihr. Komm!"

„Du glaubst mir also nicht? Niemand glaubt mir!"

Dicke Tränen kullern aus Lenyas Augen. Mir tut sie

aufrichtig leid, weil ich weiß, wie einsam man sich fühlt, wenn einem niemand glaubt. Das ist schwer zu ertragen.

„Doch, ich glaube dir. Aber ich darf dich trotzdem nicht hier behalten. Ich bringe dich jetzt nach Hause."

Lenya rutscht vom Stuhl und geht auf die Tür zu. Sie schlurft mit den Schuhen über den Boden, als fehlt ihr die Kraft zum Laufen. Dabei schaut sie auf ihre Schuhe, die Locken verhüllen ihr Gesicht.

„Warte!", bitte ich. „Ich komme mit."

Abrupt dreht sie sich um, kneift ihre Augen zu schmalen Schlitzen zusammen und sagt ernst: „Ich gehe allein."

„Und wenn du dich verläufst?"

Lenya verdreht die Augen, als hätte ich etwas Dummes gesagt.

„Ich habe dich ganz allein gefunden, also finde ich auch ganz allein nach Hause."

Sie hat zwar Recht, doch so funktioniert das nicht.

Fest packe ich ihre Hand, damit sie mir nicht noch einmal entschlüpft. Lenya wirkt zufrieden und hüpft neben mir her. Mich wundert nur der Weg, den sie einschlägt, weil er nicht zu den Häusern führt, wo ich ihr zwei Mal begegnete.

*****

Am Spielplatz bleibt Lenya stehen und zeigt auf eine Bank.

„Dort kannst du dich hinsetzen. Ich will nur einmal kurz klettern und zwei Mal rutschen."

Sie bittet nicht, sie fragt nicht, sie legt fest. Ist das normal für solch ein kleines Mädchen?

„Wir könnten ein Eis essen", schlägt Lenya vor. „Ich weiß, wo es welches gibt."

„Das können wir", stimme ich zu. „Aber zuerst gehen wir zu deiner Mama."

Ich hätte ihr gern erklärt, dass man von Fremden nichts annimmt. Doch vermutlich hätte sie gesagt, dass ich keine Fremde bin.

„Warum läufst du mir eigentlich immer nach?"

„Weil ich dich ausgesucht habe."

„Du hast mich ausgesucht? Wofür?"

„Ich bin lieber bei dir als bei meiner Mama."

Soll ich jetzt geschmeichelt sein?

„Erstens kennst du mich gar nicht und zweitens gehören Kinder immer zu ihrer Mama."

Lenya knetet ihre Finger und seufzt, als hätte sie großen Kummer.

„Ich will nicht nach Hause. Ich will bei dir sein."

„Das geht nicht und das weißt du auch."

„Du willst mich nicht!"

Und schon fließen wieder Tränen. Was soll ich nur tun? Ich kann nicht sagen, dass ich sie nicht will, aber auch nicht, dass ich sie will.

„Hör jetzt genau zu! Ich möchte dich manchmal besuchen. Aber nur manchmal. Du gehörst zu deiner Mama. Und zwar jetzt! Darüber diskutiere ich nicht mehr."

„Und wenn ich gar nicht zu meiner Mama will? Ich laufe sowieso wieder weg."

Trotzig tritt sie mit ihrem Fuß gegen die Bank. Ich sehe Verzweiflung und gleichzeitig Resignation in ihren Augen. Ist ihre Mutter lieblos oder gar grob? Vielleicht ist sie depressiv oder Alkoholiker und kümmert sich nicht um ihr Kind. In diesem Fall *muss* ich Lenya helfen, auch wenn es nicht meine Aufgabe ist.

Ich ziehe sie zu mir auf die Bank.

„Du sagst mir jetzt, weshalb du vor deiner Mama weglaufen willst!"

„Weil die Mama mich nicht sieht."

Ist sie blind? Dann sorgt sie sich erst recht, wenn Lenya immer wieder verschwindet.

„Wie meinst du das?"

„Sie weint immer nur", antwortet Lenya und zuckt mit der Schulter. „Den ganzen Tag."

Entsetzt schaue ich das Kind an. Mir fehlen die Worte.

„Sie macht das Essen und weint, sie schläft und weint. Immer. Ob ich lieb bin oder böse, sie merkt es nicht."

„Warum weint sie denn so viel?"

„Weil Papa nicht mehr da ist."

Also hat ihr Mann sie verlassen und lebt nun bei

einer anderen Frau. Das hat ihr Herz gebrochen. Trotzdem darf sie ihre kleine Tochter nicht vergessen.

„Ich verstehe. Deine Mama ist traurig. Aber sie hat dich ganz lieb."

Lenya zuckt mit der Schulter. Sie glaubt mir nicht.

„Den Amel mag sie viel viel lieber."

Amel. Ist das ein Name für eine Person?

„Wer ist Amel?"

„Na, mein Bruder. Weißt du das nicht?"

Ich schüttle den Kopf.

Amel und Lenya. Es gibt heute noch Länder, in denen Söhne mehr geschätzt werden als Töchter. Die Mädchen erhalten keine Schulbildung, müssen schon von klein auf im Haushalt helfen und werden zwangsverheiratet. Doch wir leben hier in Deutschland. Hier darf ich eingreifen, wenn das Kindeswohl gefährdet ist. Aber Lenya sieht nicht vernachlässigt aus. Ihre Kleider sind gepflegt und sauber. Sie scheint mir klug und umsichtig zu sein, obwohl sie höchstens vier Jahre alt ist, eher drei.

„Vielleicht sollte ich mit deinem Bruder reden, was meinst du?"

Ich weiß, dass ich Unsinn rede. Aber ich wollte von der weinenden Mutter ablenken.

„Du kannst nicht mit ihm reden, weil er nicht mehr da ist."

„Wo ist er denn? Bei der Oma?"

Natürlich weiß ich nicht, ob Lenya eine Oma hat.

Ich will sie nur auf andere Gedanken bringen mit meinen Fragen.

Lenya schüttelt den Kopf und schaut mich an, als wäre ich schwer von Begriff.

„Bei der Oma könnte ich ihn doch sehen! Aber wir können ihn nicht sehen, nur Amel kann uns sehen, genau wie Papa."

Du lieber Himmel! Was soll das jetzt wieder bedeuten? Bruder und Vater sehen Lenya, aber sie sieht die beiden nicht.

Lenya biegt ihren Kopf nach hinten und schaut hinauf in die Wolken.

„Mama sagt, Amel und Papa wohnen jetzt dort oben." Sie streckt ihren Arm aus und zeigt in Richtung Himmel. „Aber ich glaube das nicht, weil sie dort runterfallen würden. Und dann sind sie tot."

Tot. Das Wort schießt mir hart in alle Glieder und schnürt mir die Kehle zu. Ich bringe kein Wort über die Lippen, keinen Trost und keine freundliche Ablenkung.

„Mama sagt, Amel ist jetzt ein Engel. Ich will auch ein Engel sein."

Lenya strahlt mich an und runzelt gleichzeitig die Stirn.

„Ich glaube nicht, dass das geht."

„Doch!" Lenya stampft mit dem Fuß auf. „Amel ist viel kleiner als ich. Was der kann, kann ich schon lange." Trotzig schaut sie mich an. „Mama sagt, da, wo Amel ist, ist es wunderschön. Ich will auch dahin!"

„Das geht wirklich nicht", sage ich sehr bestimmt. „Wir gehen jetzt zu deiner Mama und du zeigst mir, wo sie wohnt."

„Nein!" Wieder stampft die Kleine mit ihrem Fuß auf. „Ich will nicht mehr zu Mama. Die weint doch bloß und merkt überhaupt nicht, ob ich da bin oder nicht."

„Sie merkt das sehr wohl. Du merkst nur nicht, dass sie es merkt und sich längst große Sorgen macht, weil du nicht daheim bist."

Lenya zieht mit einem Ruck ihre kleine Hand aus meiner und flitzt davon. Überrascht schaue ich ihr nach. Was soll ich tun? Ihr wieder nachlaufen und mich von diesem kleinen Kind narren lassen? Betreten schaue ich ihr nach, bis sie nicht mehr zu sehen ist. Ich habe Lenya enttäuscht und im Stich gelassen. Ihre Mutter trauert um Mann und Sohn und hat in ihrem Schmerz keine Kraft mehr für ihre Tochter. So etwas versteht ein Kind nicht. Lenya will, dass ihre Mutter lacht, mit ihr singt und spielt. Ich will Lenya helfen, aber ich weiß nicht, *wie* ich ihr helfen kann. Ohne die Erlaubnis ihrer Mutter darf ich mich nicht um sie kümmern, nicht mit ihr spielen. Timo verlangt, dass ich sie nach Hause bringe, obwohl sie nicht dorthin zurück will. Er sagt, ich mische mich ein und bringe ihn damit in Teufel Küche. Es sei nicht meine Aufgabe, mich um dieses fremde Kind zu kümmern. Ich soll mich nicht überall einmischen. Aber es ist kein Einmischen, wenn ich um Hilfe gebeten werde. Und Lenya hat mich gebeten.

Worum hat sie mich gebeten? Konkret nur um etwas zu trinken. Sie hat mich nicht darum gebeten, sie zu ihrer Mutter zurückzubringen. Ganz im Gegenteil. Trotzdem wollte ich sie jedes Mal nach Hause schaffen, weil sie ein kleines Kind ist, das noch nicht weiß, was richtig und was falsch ist.

Einem so kleinen Kind muss man helfen, auch wenn es die Hilfe nicht will. Sicher ist, dass sich Lenya hier in der Stadt gut auskennt und meine Hilfe nicht braucht, um ihre Mutter zu finden.

Aber was will sie von mir?

*****

Ich mag Kinder und Kinder mögen mich. Bei Firmenfeiern umringen mich die Kinder der Kollegen und wollen mit mir spielen oder gar schmusen. Ich habe nichts dagegen, doch einmal schrie mich eine Mutter an, ich solle meine Finger von ihrem Sohn lassen. Alle Kollegen und deren Partner sahen zu mir herüber. Einige lachten, andere guckten böse und riefen ihre Kinder zu sich. Mir war das furchtbar peinlich. Dabei kann ich nichts dafür. Ich rede fremde Kinder nicht an und doch laufen sie mir nach, wenn ich über einen Spielplatz gehe oder springen im Supermarkt vor meine Füße. Ich will das gar nicht.

Im Urlaub wollte mich ein fremder Junge unbedingt auf meinem Spaziergang begleiten, obwohl ich ihn wegschickte und seine Mutter ihn rief. Ich habe dann einfach seine Hand genommen und ihn zur Mutter zurückgebracht. Das machte ihn so wütend, dass er mit dem Fuß gegen mein Schienbein trat. „So etwas tut man nicht!", tadelte ich ihn.

Dafür wurde ich von der Mutter beschimpft, da ich kein Recht hätte, fremde Kinder zurechtzuweisen. Aber ungestraft treten durfte mich ihr Sohn.

Mir laufen nicht nur Kinder nach, sondern auch Katzen und Hunde. Katzen streichen um meine Beine und Hunde ziehen an der Leine, um in meine Nähe zu kommen. Was soll ich dann tun? Sie streicheln? Dabei mag ich gar keine Hunde.

Krank

Mein Handy klingelt. Es ist Oma, die mich äußerst selten anruft.

„Kannst du kommen, Mädchen? Ich habe Kuchen gebacken."

Oma weiß, dass ich gern Kuchen esse, aber das wird nicht der Grund für ihren Anruf sein.

„Ist etwas passiert? Geht es dir gut, Oma?"

„Ja, ja. Kannst du nun kommen oder hast du keine Zeit?"

Ich habe Zeit und fahre sofort los.

„Setz dich!"
Oma wirkt nervös und zeigt auf den Küchenstuhl. Normalerweise sitzen wir immer auf dem Sofa in der guten Stube.
„Mir geht es gut, aber deiner Mutter nicht. Sie sagt es nicht, aber ich weiß es. Außerdem hört sie nicht ohne Grund plötzlich auf zu arbeiten."
„Sie hört auf zu arbeiten? Aber sie ist erst achtundfünfzig Jahre alt und hat noch fast zehn Jahre bis zur Rente!"
„Ich weiß. Ihre Arbeit ist nicht schwer, im Gemeindebüro hat sie nichts auszustehen. Deshalb ist es dumm von ihr, die gut bezahlte Stelle zu kündigen. Und das so kurz vor der Rente."
Kurz vor der Rente? Zehn Jahre sind eine lange Zeit. Was will Mama zehn Jahre lang daheim den ganzen Tag machen? Sie hat keine Hobbys und auch keine Enkel.
„Aber warum?"
„Sie sagt, dass sie mit dem neuen Computerprogramm nicht zurecht kommt, dass sie nichts mehr kapiert und sich nichts mehr merken kann. Das ist ihr peinlich. Sie will nicht, dass die Kollegen etwas merken."
„Ich glaube, das ist normal. In meinem Büro sind die Alten auch viel langsamer als die Jungen. Man muss ihnen Zeit geben."

Oma nickt.

„Kannst du sie nicht zu einem Arzt bringen?"

„Zum Arzt? Weil sie sich nichts merken kann?" Ich schüttle den Kopf. „Außerdem hasst Mama Ärzte."

Auch Oma mag keine Mediziner. Trotz ihres hohen Alters nimmt sie kein einziges Medikament, was auf mich wie ein Wunder wirkt. In meinem Büro schluckt fast jeder irgendeine Pille, gegen zu hohen oder niedrigen Blutdruck, Cholesterin, Husten, Schnupfen, Hals- und Kopfschmerzen, Diabetes oder Magensäure. Ich habe gelesen, dass jeder Vierte quer durch alle Altersgruppen mehr als drei Tabletten pro Tag einnimmt, was wohl mehr schadet als nutzt. Jedenfalls ist Oma davon überzeugt.

„Ich weiß, aber es wird nicht nur Vergesslichkeit sein, wenn sie aufhört zu arbeiten."

„Sollte sich nicht Papa darum kümmern?"

„Sollte. Aber er respektiert, dass deine Mutter nicht zum Arzt will."

„Aber *ich* soll mich über ihren Willen hinwegsetzen?"

Mir fallen all die Vorwürfe ein, die ich so oft zu hören bekomme: „Mische dich nicht ein! Dich hat niemand darum gebeten." Jedes Mal nehme ich mir vor, mich zurückzunehmen, was mir sehr schwer fällt, denn ich helfe gern.

Oma zuckt mit der Schulter.

„Das funktioniert nicht. Mama will es nicht und ich kann sie schließlich nicht zum Arzt tragen."

„Du bist klug und umsichtig. Du wirst einen Weg finden, deiner Mutter zu helfen."

Das stimmt. Aber ich kenne Mama. Sie mag keine Ärzte und mich mag sie auch nicht. Von mir lässt sie sich ganz sicher nicht helfen. Auch nicht von Papa. Eher von Jenni.

„Wir sollten Jenni fragen."

Oma winkt ab.

„Jetzt trinken wir erst einmal Kaffee und essen ein Stück Fleckerlkuchen."

„Fleckerlkuchen? Was ist das?"

„Das Rezept habe ich aus der Fernsehserie *Wir in Bayern*. Es ist recht aufwändig. Topfen ist drin und Mohn. Ich habe noch einen Apfel reingeschnitten, damit der Kuchen saftiger wird. Geh in die Stube! Der Tisch ist schon gedeckt."

Der Kuchen ist wirklich wunderbar saftig und schmeckt mir ausgezeichnet. Ich wollte auch mal einen Kuchen backen, doch schon beim Lesen des Rezeptes verging mir die Lust. Mir ist das alles zu kompliziert.

„Da hast du dir wieder viel Arbeit gemacht."

„Kochen und Backen ist keine Arbeit. Zumindest heute nicht mehr mit meinem modernen Elektroherd. Früher musste ich erst den Ofen anheizen. Auch das Einkaufen war nicht so einfach wie heute. Heute ist alles leicht und eine wahre Freude."

Ich habe auch einen Elektroherd und den Super-

173

markt in der Nähe, doch eine Freude ist mir die Hausarbeit nicht.

„Bist du glücklich?", frage ich.

„Was ist schon Glück? Ich bin zufrieden und das ist mehr, als man erwarten kann. Ich habe seit Jahren keine Erwartungen mehr."

Kann man zufrieden sein, wenn man keine Erwartungen mehr hat? Oder bedeutet das, dass Oma die Realität akzeptiert, wie sie ist und auch die Menschen so nimmt, wie sie sind? Ich glaube nicht, dass ich das könnte. Ich erwarte viel von meinem Leben und auch von den Menschen in meinem Umfeld, wobei sich meine Erwartungen höchst selten erfüllen. Dann bin ich enttäuscht und nicht so zufrieden wie Oma.

„Natürlich hinterlässt das Leben seine Spuren, Narben im Körper und vor allem in der Seele." Sie seufzt kurz und schlägt sich leicht auf ihr Bein. „Vor jedem Wetterumschwung schmerzt mein albernes Knie und ich komme nicht mehr den Hang hinauf zum Wald."

„Aber was willst du im Wald?"

„Ich gehe jeden Tag meine Runde und zwar bei jedem Wetter. Zuerst über die Felder bis zum Wald und dann über den Hügel zurück zum Dorf."

„Aber warum?"

„Wer rastet, der rostet." Sie kichert. „Meine täglichen Spaziergänge brachten mich ins Gerede bei den Leuten."

Das kann ich mir vorstellen. Die Leute im Dorf laufen nicht zum Vergnügen herum, sie gehen hinaus auf ihre Felder und zu ihren Tieren.

Oma blinzelt mir zu.

„Sollen sie reden, das macht mir nichts. In meinem Alter kann ich tun und lassen, was ich will. Und ich gehe allein zur Freude hinauf zum Wald. Was soll ich auch sonst tun? Mein Haus ist klein, Berthold längst gestorben, es gibt nichts zu tun, jedenfalls nichts Wichtiges."

Ich dagegen bin froh, wenn ich nicht vor die Tür muss. Die Wege zwischen Büro und Wohnung und Supermarkt sind mir anstrengend genug.

„Als mein Berthold noch lebte, hatte ich nie Lust, ihn auf seinen Touren durch die Natur zu begleiten und all seine Lektionen über Pflanzen und Vögel anzuhören. Heute bereue ich das. Heute würde ich sehr gern mit Berthold über die Felder spazieren und ihm zuhören." Sie klopft sich auf ihr linkes Knie. „Mein dummes Knie braucht Bewegung."

*****

Meine Eltern wohnen im Nachbardorf, nur sieben Kilometer entfernt, aber der Ort liegt nicht am Weg zurück zur Stadt. Trotzdem fahre ich sofort hin, weil es Oma so wichtig ist. Sorgen mache ich mir keine, denn es ist normal, dass alte Leute vergesslich werden. Mama ist immerhin fast sechzig Jahre alt und gehört zur sogenannten Risikogruppe.

Schon von weitem sehe ich blinkende blaue Lichter, Warnleuchten von Polizei oder Feuerwehr. Hat es in der Kurve einen Unfall gegeben? Hoffentlich kann ich ungehindert vorbeifahren. Beim Näherkommen erkenne ich, dass das Blaulicht direkt vor dem Elternhaus leuchtet, ein Kranken- und ein Arztwagen. Du lieber Himmel! Mama! Was ist ihr Schlimmes passiert? Hat sie einen Schlaganfall, der sich durch die Vergesslichkeit ankündigte? Ich kenne mich damit nicht aus, aber es muss einen Zusammenhang geben. Eilig parke ich vor der Einfahrt und laufe zum Rettungswagen, in den eine Trage geschoben wird. Mama hält sich an der Trage fest und versucht, ins Auto zu steigen. Ein Pfleger redet auf sie ein.

„Was ist passiert?", rufe ich, aber Mama hört mich nicht.

Sie klammert sich an die Trage. Die Person darauf kann ich nicht erkennen, weil sich Mama und zwei Männer darüber beugen. Trotzdem ist mir klar, wer auf der Trage liegt: Papa.

„Was ist passiert?", frage ich noch einmal, wende mich an den Krankenpfleger und ergänze: „Ich bin die Tochter."

„Ihr Vater hatte vermutlich einen Herzinfarkt, was jetzt in der Uniklinik Würzburg abgeklärt werden muss."

„Ich fahre mit!", schreit Mama.

„Das geht nicht", bestimmt der Pfleger ruhig, doch mit fester Stimme. Dann wendet er sich an mich. „Kümmern Sie sich um Ihre Mutter!"

Die Türen fallen zu und der Rettungswagen setzt sich in Bewegung. Mit Blaulicht! Das sieht gar nicht gut aus. Mama läuft einige Schritte hinterher. Dann bleibt sie stehen und weint. Ich gehe zu ihr und lege meinen Arm um ihre Schulter. Doch sie stößt mich grob beiseite.

„Wir gehen ins Haus und ich koche uns Tee", verkünde ich.

„Ich will keinen Tee. Du fährst mich jetzt sofort ins Krankenhaus!"

„Ja, ich fahre dich hin, aber zuerst müssen wir für Papa eine Tasche packen." Mama schaut mich entgeistert an. „Oder hast du das bereits getan und dem Arzt mitgegeben?"

Noch immer starrt mich Mama an. Sie denkt nach. Das sehe ich ihr an. Was gibt es nachzudenken?

„Papa wird Waschzeug brauchen", erkläre ich. „Socken, einen Schlafanzug, Bademantel, Hausschuhe. Komm!"

Ich hake Mama unter und ziehe sie Richtung Haus. Sie wirkt verwirrt. Das ist der Schock. Soll ich sie bitten, mir alles zu erzählen? Will sie reden? Oder regt sie das noch mehr auf?

„Die können doch nicht einfach mit meinem Mann wegfahren!", schreit sie auf.

„Vielleicht ist es nicht erlaubt, im Rettungswagen

mitzufahren."

„Das ist nur ein Auto, aber er ist mein Mann!"

Darauf weiß ich keine Antwort. Ich weiß auch nicht, was passiert ist, aber ich frage lieber nicht nach.

Zuerst fülle ich Wasser in den Kocher und suche nach Teebeuteln. Ich wähle einen, der Abendruhe heißt und hoffentlich beruhigend wirkt.

„Der Tee muss zehn Minuten ziehen. In der Zeit packe ich die Tasche."

Mama sinkt auf den nächsten Stuhl und weint so heftig, dass ihre Schultern beben. Ich wage nicht, sie allein zu lassen und überlege, wie ich sie beruhigen kann.

„Wir rufen im Krankenhaus an."

„Uni. Uniklinik."

„Wir rufen in der Uniklinik an und fragen, wo wir Papa finden und wie es ihm geht."

„Schlecht."

Findet sie meinen Vorschlag schlecht? Oder meint sie, dass es Papa schlecht geht?

„Die Ärzte müssen Papa erst untersuchen ..."

„Das hat *der* schon getan. Der hat gemessen und ein Rohr in den Arm geschoben. Ich habe das genau gesehen, obwohl die mich wegschoben. In meinem Haus! Was erlauben die sich!"

„Wenn sie das gemacht haben, dann musste es sein."

„Was weißt du schon?"

Nichts weiß ich, aber ich will helfen.

„Soll ich Jenni anrufen?"

„Warum willst du sie aufregen? Sie kann ja auch nichts tun."

Ich gieße Mama Tee ein und stelle ein Glas Honig dazu.

„Ich gehe jetzt rauf ins Schlafzimmer und packe die Tasche."

„Nicht nötig. Die bringen ihn gleich wieder zurück."

Was meint sie jetzt? Zuerst wollte sie gleich mit in den Rettungswagen steigen, dann sollte ich sie sofort in die Klinik fahren und jetzt glaubt sie, Papa kommt jeden Moment zurück.

„Vielleicht", sage ich irritiert. „Vielleicht auch nicht. Wenn es ein Herzinfarkt ist, bleibt er einige Tage im Krankenhaus."

Soll ich sagen, dass er vielleicht oder ganz sicher operiert werden muss?

„Wenn die ihn aufschneiden, bringe ich die um!"

„Aber Mama! Du willst doch, dass Papa lebt!"

„Nicht um diesen Preis! Du gehst jetzt besser. Ich muss mich ausruhen."

„Ich rufe nur noch in der Klinik an."

„Das lässt du bleiben! Du bringst nur alles durcheinander."

Irritiert bleibe ich an der Tür stehen. Was soll ich jetzt machen? Mama scheint verwirrt und gleichzeitig sehr bestimmt.

„Willst du nicht, dass ich bei dir bleibe?"

„Nein! Ich habe gesagt, du sollst gehen."

„Gut. Dann komme ich morgen wieder."
Mama winkt genervt ab und zeigt zur Tür.
„Untersteh dich, überall herumzutelefonieren und alles auszuposaunen! Halte einfach deinen Mund!"
Solche Worte bin ich gewöhnt, aber nicht in dieser Ausnahmesituation. Ich sehe, dass Mama verwirrt ist, aber hilflos scheint sie mir nicht.
Also fahre ich nach Hause.

*****

„Wo bleibst du?", bellt Mama ins Telefon.
Ich sitze wie immer um diese Zeit im Büro und arbeite, hätte ich gern gesagt, aber sie hat bereits aufgelegt. Auch wenn mich ihre Unart, ihre Befehle ärgern, ich muss zu ihr. Eilig informiere ich meinen Chef, dass ich ins Krankenhaus muss. Er weiß, dass mein Vater krank ist und hat mir bereits eine Freistellung zugesichert.

Mama sitzt im Mantel in der Küche und isst Kekse.
Das wundert mich zwar, aber ich sage nichts dazu.
„Hallo, hier bin ich", grüße ich freundlich.
„Neun Uhr waren wir verabredet! Nun kommen wir zu spät", faucht sie und wirft die Kekse auf den Boden.
Ich frage nicht, warum sie mit Keksen wirft und auch nicht, wobei wir zu spät kommen. Wir waren nicht verabredet, das weiß ich genau. Mama ist

seltsam geworden. Sie ruft mich jeden Tag an, ohne wirklich etwas zu sagen, sie schimpft und bringt vieles durcheinander. Jetzt springt sie auf und stürzt aus dem Haus, ohne ihre Tasche mitzunehmen, die auf dem Boden zwischen den Keksen steht. Soll ich die Krümel schnell auffegen? Lieber nicht, denn Mama sitzt bestimmt längst im Auto und fragt sich, wo ich so lange bleibe. Ich greife meinen Schlüssel und versperre die Haustür.

Mama sitzt tatsächlich bereits im Auto. Ich reiche ihr die Tasche.

„Fahren wir in die Klinik zu Papa?"

„Wohin denn sonst?"

Wir sitzen im Arztzimmer und der Neurologe erklärt uns, dass Papa keinen Herzinfarkt, sondern einen Hirnschlag hatte.

„Jeder sagt was anderes", brummt Mama. „Die wissen selber nicht, was die wollen."

Erleichtert seufze ich, weil ich einen Herzinfarkt für erheblich schlimmer halte. Doch der Arzt belehrt mich eines Besseren.

„Ich konnte zwar das Blutgerinnsel im Hirn entfernen, aber nicht die rechtsseitige Lähmung verhindern."

„Papa ist gelähmt?"

Der Arzt nickt. Mama betrachtet stumm ihre Schuhe. Sicher muss sie diesen Schock erst einmal verdauen. Ihr wird viel durch den Kopf gehen, nichts davon wird angenehm sein.

„Ihr Mann wird in der übernächsten Woche direkt vom Krankenhaus in eine Reha-Klinik gebracht, wo er mindestens drei, eher vier oder sechs Wochen bleibt. Die Klinik wird Sie anschreiben und Ihnen mitteilen, was er für den Aufenthalt braucht. Ziel der Rehabilitation ist, verlorengegangene Funktionen so weit wie möglich wieder herzustellen."

Mama schweigt und schaut auf ihre Schuhe, ohne sie wirklich zu sehen und ich weiß nicht, ob sie alles verstanden hat.

„Und wenn die Lähmung nicht verschwindet?", frage ich.

„Es ist noch zu früh, sich darüber Gedanken zu machen." Der Arzt räuspert sich. „Es gibt verschiedene Möglichkeiten der Pflegehilfen."

Sofort denke ich an Rollstuhl und Pflegebett. Wie wird Mama das verkraften? Doch sie zeigt keinerlei Regung und starrt schweigend ihre Schuhe an.

Der Arzt mustert Mama und sieht besorgt aus.

„Haben Sie oft Kopfweh?", erkundigt er sich. „Ist Ihnen manchmal schwindlig?"

Mama reagiert nicht.

„Ich würde Sie gern untersuchen."

„Das will ich nicht!", faucht sie und steht auf.

„Warten Sie! Ich bin Neurologe und habe den Verdacht, dass Sie unter einer beginnenden Demenz leiden. Das würde ich gern feststellen."

Woher will er das wissen? Er hat bisher kein Wort

mit ihr gesprochen, sie aber nicht aus den Augen gelassen.

„Ich aber nicht!"

„Aber Mama!"

„Wer ist Ihr Hausarzt?"

„Hab keinen."

„Wo arbeiten Sie?"

„Das geht Sie nichts an! Lassen Sie mich in Ruhe! Schlimm genug, dass mein Mann hier liegt. Ich will das nicht."

Was will sie nicht? Dass Papa in diesem Krankenhaus liegt oder keine Untersuchung.

„Meine Mutter arbeitet nicht mehr, weil sie Probleme ..."

Mit der Konzentration hat, wollte ich sagen, aber Mama unterbricht mich.

„Was erlaubst du dir, über meinen Kopf hinweg zu reden, als wäre ich ein Kind?", fährt sie mich an.

„Und Sie", wendet sie sich an den Arzt, „sprechen nie wieder mit meiner Tochter!"

„Sobald es um Sie geht, dürfen Sie mir das verbieten, aber nicht, wenn sich Ihre Tochter nach ihrem Vater erkundigt. Bitte denken Sie noch einmal in Ruhe darüber nach. Ich halte eine Untersuchung für sehr wichtig."

„Sie können halten, was Sie wollen. Ich gehe."

„Es ist nur ein Fragebogen, der kaum zehn Minuten dauert."

„Für solchen Unsinn habe ich keine Zeit."

„Mit Medikamenten lässt sich das Fortschreiten der Demenz verhindern."

Ich bewundere die Geduld des Mannes und ärgere mich über Mama, die unfreundlich bleibt und grußlos aus dem Arztzimmer stürzt.

„Kein Wort!", schnauzt sie mich an. „Du fährst mich jetzt heim und hältst den Mund!"

*****

„Mama, warum arbeitest du eigentlich nicht mehr?"

„Warum ich nicht mehr arbeite?" Sie schnauft empört. „Kannst du dir das nicht denken?"

„Oma sagt …"

„Oma sagt, Oma sagt", äfft sie mich nach. „Was weiß die schon?"

„Aber warum …"

Ich hoffe, dass sie mir von ihrer Vergesslichkeit erzählt, die eigentlich keine Krankheit ist. Aber Papas Neurologe wollte sie untersuchen und ich möchte sie auf dieses Thema zurückbringen. Vielleicht hat er Recht und Mama ist dement, weshalb sie in letzter Zeit so vieles durcheinander bringt.

„Ich will endlich einmal etwas für mich tun und zwar *nur* für mich. Mein Leben lang war ich für euch da, für die Familie. Jetzt bin *ich* dran. Ich will endlich mein Leben genießen, nicht mehr eure Putze sein, euch den Hintern abwischen, kochen, waschen. So, nun weißt du´s!"

Ich lebe seit fünfzehn Jahren nicht mehr daheim, auch Jenni nicht und Daniel sowieso nicht. Mama ging immer arbeiten und kam oft recht spät nach Hause. Wir haben uns um uns selbst gekümmert.

„Jeden Sonntag kommt ihr angekleckert und setzt euch an den gedeckten Tisch. Damit ist Schluss! Ein für alle Mal!"

Was ist nur in sie gefahren? Ich glaubte, sie freut sich, wenn wir sonntags nach Hause kommen. Aber vielleicht ist Mama nur durcheinander, weil Papa so schwer krank ist. Das wird es sein.

Im Grunde bin ich froh, dass Mama nicht mehr arbeitet. Denn nun kann sie sich um Papa kümmern, wenn er nach der Reha nach Hause kommt. Sicher kann er nicht gleich wieder arbeiten.

*****

Am Sonntag fahre ich nicht nach Hause, weil Mama keinen Besuch wünscht. Ich rufe sie nur an und frage, wie es ihr geht.

„Vorhin ging es mir gut, aber du hast mich geweckt."

Sie hat um zehn Uhr noch geschlafen? Das ist ungewöhnlich. Aber ich verstehe das, denn nachts wird sie nicht zur Ruhe kommen aus Sorge um Papa.

Jenni ist froh, dass sie nun ihren Sonntag für sich hat. Für sie war der Besuch daheim eher eine

Pflicht als eine Freude.

„Du störst!", sagt Mama und legt auf.

Stören möchte ich sie nicht. Ich möchte nur helfen. Leider will sie meine Hilfe nicht. Sie will auch keine Hilfe von einem Arzt, obwohl ihr Papas Neurologe zu einer Untersuchung rät. Aber sie lehnt Ärzte und Medizin ab. Bisher fand ich das gut, doch bisher war sie gesund. Wenn der Arzt mit seiner Vermutung Recht hat, wird Mama ihr Denken, ihre Erinnerung und ihre Orientierung verlieren. Daran mag ich gar nicht denken. Allerdings kann laut Internet kein Medikament das Fortschreiten der Demenz verhindern. Deshalb bringt eine Untersuchung nur Gewissheit, aber keine Heilung. Also ist es nicht schlimm, dass Mama keine Medizin will. Und doch würde ich die Entscheidung lieber einem Arzt überlassen.

Papa ist da ganz anders. Er vertraut den Ärzten, denn sie haben ihr Fach studiert und wissen, was sie tun. Auch ich denke so. Ich glaube fest daran, dass er wieder ganz gesund wird, denn im Internet steht, dass Lähmungen spontan verschwinden können oder sich mit der Zeit bessern. Auf jeden Fall wird er in der Reha lernen, seinen rechten Arm und das rechte Bein wieder zu bewegen und vollständig zu benutzen. Da bin ich mir sicher.

*****

186

„Heute kommt er nach Hause", sagt Mama am Telefon.

Sie meint Papa. Seine Kur ist beendet.

„Kommst du?", fragt sie ungewohnt freundlich.

„In zwei Stunden bin ich da."

„Geht´s nicht schneller?", raunzt sie und legt auf.

„Ich versuch´s", sage ich, obwohl sie mich nicht mehr hört.

Eilig räume ich meinen Schreibtisch auf und fahre ins Dorf zu Mama.

Papa wird in einem Krankenwagen gebracht und im Rollstuhl ins Haus geschoben. Fassungslos stehe ich neben ihm, starre ihn an und wende mich gleich wieder ab. Ich hatte nicht die geringste Ahnung, dass er derart stark beeinträchtigt ist. Besuche in der Rehaklinik waren wegen der Corona-Pandemie untersagt.

Am Telefon klang er optimistisch: „Es wird schon wieder."

Und jetzt sitzt Papa im Rollstuhl und kann nicht einmal laufen. Ich schiebe ihn in die Stube, während Mama aufgeregt umherläuft. Sie eilt in die Küche, hinauf ins Obergeschoss und zurück in die Stube.

„Setz dich!", fahre ich sie an.

Mein barscher Befehl tut mir sofort leid, aber jetzt ist Papa die Hauptperson. Er muss uns sagen, was wichtig für seine Pflege ist, was er braucht.

„Ruhe brauche ich. Ich will ins Bett."

Die Schlafstube ist im oberen Stockwerk.

„Kannst du denn Treppen steigen?"

Das war eine dumme Frage, aber in amerikanischen Filmen werden Kranke immer im Rollstuhl gebracht, auch dann, wenn sie laufen können. Das beruhigt mich ein wenig.

Papa hebt mit der linken Hand seinen rechten Arm an und lässt ihn los. Wie ein Fremdkörper baumelt er nach unten.

„Mein Bein taugt noch weniger."

Er kann also keine Treppen steigen. Jetzt haben wir ein Problem. Hinauf kann er nicht, also auch nicht ins Bad. Im Erdgeschoss gibt es zwar eine Toilette, aber der Raum ist viel zu eng für den Rollstuhl. Vielleicht kann er die wenigen Schritte bis zur Kloschüssel gehen. Wenn nicht, braucht er einen Nachttopf. Wo bekommt man so etwas? Ich möchte helfen, doch Mama ist daheim und wird sich um alles kümmern. Sie muss ihn auch waschen, denn eine Dusche gibt es hier unten nicht.

„Ich will ins Bett!", wiederholt Papa ärgerlich.

„Das geht nicht. Dein Bett steht oben."

„Das weiß ich."

„Aber du kannst keine Treppen steigen. Du musst auf dem Sofa schlafen."

Skeptisch betrachtet Papa das Sofa. Es ist zwar breit, aber viel zu kurz. Das wird nicht funktionieren.

Mama ist schon wieder aufgesprungen und läuft zwischen Küche und Stube hin und her. Das macht mich ganz nervös.

„Bitte, Mama, räume Papas Tasche aus und packe die Schmutzwäsche gleich in die Maschine."

Sie dreht die Tasche um und schüttet den Inhalt auf den Boden: Wäsche, Waschtasche und allerhand Papiere.

„Mama! Was soll das?"

Verärgert stopfe ich die Wäsche zurück in die Tasche und drücke sie Mama in die Hand. Sie sieht mich erstaunt an.

„Trage die Wäsche in den Keller!", befehle ich gereizt.

Sie geht aus der Tür. Ich räume die Waschtasche ins Gästeklo und sehe die Papiere durch. Pflegegrad 3. Ich weiß nicht genau, was das im Detail bedeutet und ärgere mich, nicht sorgfältiger im Internet recherchiert zu haben. Im Entlassungsbericht wird Arbeitsunfähigkeit bescheinigt. Papa ist *voll erwerbsunfähig* und soll einen Antrag auf Erwerbsminderungsrente stellen, das Formular dafür liegt bei.

Wieder bin ich froh darüber, dass Mama nicht mehr zur Arbeit muss. Das ist eine wunderbare Fügung. Sie kann das alles erledigen und die Dinge, die zur Betreuung fehlen, besorgen.

„Ich will ins Bett!", fordert Papa nun energischer.

„Das geht nicht. Versteh das doch! Ich werde jetzt

dein Bettzeug holen und auf dem Sofa herrichten."
In diesem Moment klingelt es.

„Ich bringe das Pflegebett", sagt der Mann vor der Tür. „Wohin soll ich es stellen?"

„Am besten nach oben, wo auch das Bad ist."
Aber in jedem Raum stehen Betten und es gibt keinen Platz für ein Krankenbett.

„Die meisten Leute wollen es in der Wohnstube haben, um bei der Familie zu sein."
Sofort stimme ich zu, obwohl ich eigentlich Mama fragen müsste oder Papa, der schließlich darin liegen wird.

„Hier an der Wand ist es günstig, da kann Ihr Vater wunderbar in den Garten schauen. Sie müssen nur die beiden Sessel und den Couchtisch beiseite räumen."

„Nein!", schreit Mama. „Das ist *mein* Sessel. Der bleibt da stehen."

Der Mann beachtet sie nicht und hilft mir, Sessel und Couchtisch wegzuschieben. Dann baut er das Bett auf.

„Es ist höhenverstellbar, hat Seitensicherung und einen Handschalter für das Antriebssystem."
Er legt einige Papiere auf den Tisch und geht.

„Ich will ins Bett!", fordert Papa.

„Ja doch!" Ich zeige auf das Pflegebett. „Ich hole nur schnell dein Bettzeug."

„Das lässt du bleiben!", schreit Mama. „Dieses Monster kommt weg!"

Schön sieht das klobige Bett mitten im Wohnzimmer nicht aus. Den Couchtisch muss ich in den Keller schleppen, Mamas Sessel schiebe ich direkt ans Fenster. So können beide hinaus in den Garten schauen. Die Sicht hinüber zum Wald ist von anderen Häusern und hohen Hecken versperrt.

„Ich gehe jetzt spazieren", verkündet Mama. „Und wenn ich wiederkomme, ist diese hässliche Gestell weg. Verstanden?"

Was ist nur los mit ihr? Sie sieht doch, dass Papa die Treppen nicht steigen kann. Ich dachte, sie freut sich, dass Papa endlich wieder daheim ist. Aber sie war die ganze Zeit über unfreundlich, direkt garstig zu ihm. Bisher gingen die Eltern immer gut miteinander um. Aber lieben sie sich auch? Ich habe niemals gesehen, dass sie sich küssen. Verbergen sie vor mir ihre Gefühle? Oder küssen sie sich gar nicht? Auch Timo küsst mich nicht, ein gehauchtes Bussi auf die Wange reicht ihm und zärtliche Worte hält er für überflüssig.

„Mit vereinten Kräften haben wir Papa ins Bett gehoben. Ich weiß nur nicht, wie Mama mit der Pflege zurecht kommt."

Wütend schaut mich Timo an.

„Du hältst dich da raus!", zischt er. „Sie sind beide erwachsen und selbst für sich verantwortlich."

„Aber es sind meine Eltern."

„Und ich bin dein Mann."

*****

„Du musst kommen!"

Wie immer hat Mama gleich aufgelegt, ohne zu sagen, worum es geht. Ich kann nicht jedes Mal von der Arbeit weglaufen. Verärgert rufe ich zurück.

„Ich kann hier nicht weg, Mama."

„Du musst!"

„Ich komme am Abend nach der Arbeit."

„Jetzt! Du kommst sofort." Leise fügt sie hinzu: "Mein Arm ist kaputt."

Wieder legt sie auf.

Mamas Arm ist kaputt? Etwa gebrochen? Oder meint sie, *sie* ist kaputt, schlapp, erschöpft?

Ich spreche mit meinem Chef und lasse mich für heute beurlauben.

„Ausgerechnet jetzt!", schnaubt er. „Drei Kollegen sind krank und zwei im Urlaub. Nehmen Sie den Laptop mit, damit Sie arbeiten können."

Ich fahre zuerst nach Hause, um Kleidung einzupacken, die für Schmutzarbeit geeignet ist. Timo ist bereits daheim.

„Was is´n los?", begrüßt er mich.

„Ich muss sofort zu meinen Eltern."

„Nichts musst du, du *willst*."

„Ich will ihnen helfen, weil Mama …"

Vermutlich ihren Arm gebrochen hat, wollte ich sagen.

„Du bist komplett verrückt!", schimpft er.

„Ich muss mich um meine Eltern kümmern."

„Du spinnst! Kein Mensch ist verpflichtet, seine Eltern zu pflegen."

„Aber ich *fühle* mich …"

Dazu verpflichtet, wollte ich sagen.

„Du und deine Gefühle! Mach, was du willst! Aber rechne nicht mit mir."

„Du unterstützt mich nicht?"

Wir sind verheiratet und sollten in guten wie in schlechten Zeiten füreinander da sein.

„Ich soll dir dabei helfen, mich zu verlassen? Jetzt bist du ganz durchgeknallt!"

„Aber ich verlasse dich nicht."

„Sehr wohl tust du das! Du fährst zu deinen Eltern und lässt mich hier zurück."

„Du kommst allein zurecht, meine Eltern nicht."

„Du bist morgen wieder hier! Hast du verstanden?"

Timos kalter Blick erschreckt mich.

„Ich weiß doch nicht …"

Was mich erwartet, wollte ich sagen.

„Es gibt Pflegedienste, die nach Hause kommen. Da musst du dich nicht aufdrängen."

„Aufdrängen?"

„Hau endlich ab!"

Trotzdem versuche ich, ihn zum Abschied zu umarmen. Doch er schiebt mich grob zurück, dreht sich um, setzt sich aufs Sofa und stellt den Fernseher an. Resigniert greife ich meine Tasche und gehe zur Tür.

„Mach´s gut", murmle ich.

*****

Im Haus meiner Eltern riecht es seltsam muffig, als ob Mama nicht gründlich lüftet.

„Gut, dass du endlich kommst. Deine Mutter geht ihrer Wege und lässt mich hier liegen", beklagt sich Papa.

„Was ist denn passiert?"

„Sie trat wütend gegen mein Bett und nun jammert sie, dass ihr der Fuß weh tut."

„Ihr tut der Fuß weh? Sie sagte am Telefon, dass ihr Arm kaputt ist."

„Gebrochen. Sie zerrte ungeschickt wie immer an mir herum. Da bin ich auf sie gefallen."

Auch das noch!

„Und wo ist sie jetzt? Im Krankenhaus?"

Papa schüttelt den Kopf und zeigt mit dem Finger nach oben. Sofort laufe ich die Treppen hinauf. Mama hat sich im Schlafzimmer eingeschlossen und ist nicht bereit, zu uns nach unten zu kommen.

„Sie sollte vier Tage im Krankenhaus bleiben, aber das wollte sie nicht. Sie kam mit dem Taxi zurück."

Nun ist guter Rat teuer. Mit einem gebrochenen Arm kann Mama unmöglich Papa pflegen. Ich aber auch nicht. Meine Arme sind gesund und stark, doch Kranke versorgen können sie nicht. Ich weiß, dass das reine Kopfsache ist, doch ich kann mich nicht überwinden, Papa zu waschen, ihm die Kloschale zu reichen und diese zu reinigen. Was, wenn er Stuhlgang hat? Ich spüre einen sauren Geschmack im Mund und laufe ins Bad.

„Ich wasche mich selbst!", bestimmt Papa.

Erleichtert frage ich: „Geht das?"

„Das werden wir sehen. Du bist meine Tochter und ich wünsche nicht, dass du das machst."

Heikel ist er auch noch.

„Aber Mama kann dir mit dem kaputten Arm nicht helfen."

„Weil sie nicht will."

Ich seufze. Die beiden haben also Streit miteinander, das hat mir in dieser Situation gerade noch gefehlt. Aber es hilft nichts, ich bin hier, um zu helfen und werde das so gut ich kann auch tun.

Ich richte mich in meinem ehemaligen Kinderzimmer ein, hänge meine Kleider in den Schrank und stelle meinen Laptop auf den Schreibtisch. Da ich bereits während der Coronazeit einige Male von daheim aus arbeitete, ist mein Computer mit einem speziellen Zugang eingerichtet, der mich mit dem Büro verbindet. Ich bin froh, dass mir mein Chef diese Möglichkeit gibt. Daheim konnte ich immer ungestört und somit effektiver als im Büro arbeiten, weil mich keine Anrufe und Gespräche der Kollegen ablenken. Das funktioniert hier leider nicht, weil Mama viel Lärm macht. Sie schimpft und poltert, aber sie kümmert sich nicht um Papa. Dabei ist er unkompliziert und geduldig.

Mama übersieht sein Bett in der Stube und läuft dagegen.

„Der hässliche Klotz soll weg! Ich will den nicht."

Anfangs versuchte ich, ihr zu erklären, dass Papa das Bett braucht.

„Betten gehören nicht in die Stube."

Natürlich nicht, aber Papa kann die Treppen nicht steigen.

„Es gibt Pfleger, die ihn nach oben tragen können. Das Bett will ich hier unten nicht."

Doch manchmal kriecht sie selbst einfach hinein und schläft. Und das mitten am Tag.

Was ist nur los mit ihr? Meist kann ich ganz normal mit ihr reden, obwohl sie selten antwortet. Manchmal verklärt sich ihr Blick, als würde sie in der Ferne irgend etwas sehen. Dann schreckt sie plötzlich auf, runzelt die Stirn oder lacht. Leider vergisst sie oft, das Mittag zu kochen. Hier auf dem Land kann ich nicht wie in der Stadt schnell eine Pizza bestellen oder einen Döner holen, weshalb ich Fertiggerichte im Supermarkt besorge. Ich habe keine Zeit zum Kochen und kann es auch nicht so gut wie Mama.

*****

Es klingelt. Eine füllige Frau mittleren Alters steht vor der Tür.

„Ich bin Schwester Daniela." Forsch geht sie an mir vorbei. „Wo ist er?"

Wer, wollte ich fragen, aber sie steht schon in der Stube und schüttelt Papa die Hand, als wären sie alte Bekannte.

„Hole deine Mutter! Wir haben etwas zu besprechen."

Mama steht in der Küche und schaut auf die Fliesen. Dort breitet sich eine große rote Pfütze aus.

„Blutest du?", frage ich entsetzt.

Dann sehe ich Scherben auf dem Boden und erkenne, dass sie ein ganzes Glas Kirschen leergegessen und dann das Glas mit dem roten Obstwasser fallengelassen hat. In letzter Zeit lässt sie oft etwas fallen. Ich sammle vorsichtig die Scherben auf und wische den Boden sauber. Dann gehe ich mit Mama in die Stube und sehe, wie Papa ein Papier unterschreibt.

„Ich habe eine kleine Wohnung für uns gemietet."

Zärtlich schaut er Mama an, während ich fassungslos frage: „Wozu?"

„Du siehst selbst, dass es hier nicht funktioniert. Ich komme wegen der Treppen nicht vor die Tür und nicht ins Bad. Ganz zu schweigen von Mamas gebrochenem Arm."

„Aber ich bin doch hier."

„Das ist keine Lösung. Du hast deine Arbeit und

dein Leben mit Timo. Wir ziehen in Betreutes Wohnen, wo wir weitestgehend selbständig bleiben, aber Unterstützung durch Personal erhalten."

Das klingt vernünftig.

„Du hast es dann nicht mehr so weit, wenn du uns besuchen willst, denn das Haus steht in der Stadt ganz in deiner Nähe."

„Wunderbar!", rufe ich aus.

„*Wo* soll ich hin?", ruft Mama entsetzt aus. „In ein Heim? Nie im Leben!"

„Es ist kein Heim, sondern betreutes Wohnen. Wir haben zwei Zimmer: eine große Wohnküche, einen Schlafraum und ein großes Bad, wo ich mit dem Rollstuhl hineinfahren und endlich wieder duschen kann."

„Ich halte das für eine gute Idee", stimme ich zu.

„Du hast gar nichts zu halten! Nur deinen vorlauten Mund!", schnauzt Mama. „Dich geht das nichts an."

„Mich geht es sehr wohl etwas an, weil ich jetzt *hier* wohne statt daheim bei Timo. Und zum Arbeiten komme ich hier auch nicht."

„Dann geh! Keiner hält dich!"

Weil sich Mama weigert, mit Papa ins Heim zu gehen, geht er schließlich allein. An Möbeln nimmt er nur seinen Kleiderschrank, einen Sessel und den kleinen Fernseher aus dem Arbeitszimmer mit. Und natürlich seinen geliebten Couchtisch, den ich in den Keller verbannt hatte. Der Tisch ist für ihn das wertvollste Möbelstück im ganzen Haus, wichtiger sogar als seine Bücher. Ihn hatte sein Bruder gefertigt, ein Tischler, dessen Spezialität Intarsien sind, also aufwändige Einlegearbeiten aus Holz. Dafür werden aus der Tischplatte Aussparungen herausgearbeitet und durch ein anderes Holz von gleicher Form und Größe ersetzt, so dass wieder eine gleiche Ebene entsteht. Papas Tisch besteht aus heller Birke, darin eingelegt sind Blätter aus verschieden hellem und dunklem Holz. Es wirkt, als liegt Herbstlaub auf dem Tisch. Mama mochte diesen wunderschönen Tisch nie und legte immer eine Decke darüber.

Endlich kann ich wieder nach Hause zu Timo fahren.

*****

Mama ruft mich mindestens drei Mal am Tag an und verlangt, ich soll kommen. Oder sie meldet sich zwei Tage nicht und ich mache mir Sorgen.

„Bist du ihr Hündchen, dass du sofort losrennen musst?", spottet Timo.

Im Grunde hat er Recht. Ich darf mich nicht derart kommandieren und ausnutzen lassen.

„Die hat nur Langeweile und du sollst sie unterhalten."

Das ist möglich, aber das glaube ich nicht. Ich mache mir Sorgen, weil sie so zerstreut ist. Kürzlich stopfte sie ihre Wäsche in die Waschmaschine, vergaß aber, diese anzuschalten, nahm die Wäsche schmutzig aus der Maschine, legte sie zusammen und packte sie ungewaschen in den Schrank. Bei meinem letzten Besuch füllte sie Wasser für sechs Tassen in die Kaffeemaschine, aber nur Pulver für eine Person. Das ist nicht schlimm, aber ich fürchte, dass sie die Herdplatten anstellt und den Topf darauf vergisst oder die Haustür offen lässt … nicht auszudenken!

Mir lässt das keine Ruhe und ich fahre nach der Arbeit oft bei ihr vorbei, obwohl sie meist übel gelaunt ist und mich beschimpft.

Doch heute öffnet sie mir freundlich lächelnd die Tür. Ich lächle nicht zurück, denn ich starre entsetzt in ihr Gesicht: von der Stirn über die Nase bis hinunter zum Kinn läuft eine blutige Schramme und auf der Stirn prangt eine blau schimmernde Beule. Unter dem linken Auge ist die Haut dick geschwollen und auf Nase und Wangen kleben Blutspritzer.

„Was ist passiert?"

„Willst du Kaffee?"

„Mama, du bist verletzt. Bist du gefallen?"

Sie schaut mich erstaunt an.

„Wie kommst du darauf?"

„Du hast eine große Beule und Schrammen im Gesicht. Was ist passiert?"

„Nichts ist passiert."

Ich schaue mich um, kann aber keine Zeichen für

einen Unfall erkennen. Nichts ist umgekippt, nichts liegt auf dem Boden.

„Ich werde jetzt dein Gesicht waschen und ein Pflaster für deine Verletzung holen."

„Nichts wirst du! Ich habe keine Zeit. Ich muss einkaufen fahren."

„Aber das darfst du nicht mit deinem gebrochenen Arm. Er muss erst ausheilen."

„Ich muss einkaufen."

„Dein Kühlschrank ist voll. Ich habe erst vorgestern für dich eingekauft."

„Das ist nicht wahr! Ich habe alles fortgeworfen, es war alt. Es hat gestunken."

Ich seufze und öffne den Kühlschrank. Er ist tatsächlich komplett leer. Dafür ist der Mülleimer voll. Mama hat tatsächlich sämtliche Lebensmittel ausgeräumt: Butter, Milch, Käse, Wurst, Tomaten und das Glas mit Gewürzgurken.

„Warum tust du das?", frage ich entsetzt.

Ein Stück Butter und eine Packung Käse sind noch verschlossen, alles andere hat sie ausgewickelt und einzeln in den Müll geworfen. Nichts davon ist mehr zu gebrauchen. Ich trage den Eimer hinaus und kippe den Inhalt in die braune Tonne. Dabei sehe ich, dass die Garage offen steht. Was hat Mama in der Garage gesucht? Wollte sie tatsächlich Auto fahren? Als ich das Tor schließen will, kommt es mir irgendwie seltsam vor. Ich trete näher und gehe zwei Schritte in die Garage hinein.

Da sehe ich, dass der gesamte Kotflügel eingedellt und zerschrammt ist. Nicht nur das Auto ist beschädigt, sondern auch die hintere Garagenwand. Wie kann so etwas passieren? Ich vermute, Mama verwechselte Gas und Bremse oder den ersten mit dem Rückwärtsgang.

Das Auto muss in die Werkstatt und den Schaden an der Garage soll sich ein Handwerker ansehen.

„Mama, du darfst wirklich nicht mit deinem kranken Arm fahren. Das musst du auch nicht. Ich bringe dir alles, was du brauchst."

„Dich hat keiner darum gebeten."

Sehr wohl hat sie mich gebeten, Brot und Wurst zu kaufen. Jeden Tag bestellt sie neues Brot. So viel kann sie unmöglich essen. Natürlich nicht. Sie wirft die Lebensmittel einfach weg und bestellt neue. Ich weiß manchmal nicht, wo mir der Kopf steht. Und jetzt muss ich mich um die Reparatur von Auto und Garage kümmern.

Das macht mich wütend und ich schimpfe: „Das Auto ist kaputt, auch die Garage hat Schaden genommen."

„Du lügst! Außerdem ist es *mein* Auto und *meine* Garage."

Mama spuckt vor mir auf den Boden. Ich fahre erschrocken zurück. Plötzlich setzt sie sich auf den Stuhl und weint. Sofort tut sie mir leid.

„Ich werde dich jetzt zum Arzt bringen", tröste ich.

„Nichts wirst du! Fahr heim und lass mich in Ruhe!"

Mama war schon immer kurz angebunden, doch in letzter Zeit scheint sie mir launischer und grober als je zuvor.

Sie will zu keinem Arzt und will auch nicht, dass ich ihre Verletzung notdürftig versorge. Aber ich mag sie in diesem Zustand nicht allein im Haus lassen. Deshalb rufe ich den Neurologen an, der sie untersuchen wollte. Er sagt, dass das typische Anzeichen einer Demenz sind und er für eine Untersuchung eine Überweisung vom Hausarzt benötigt. Doch Mama behauptet, sie wäre noch nie bei einem Arzt gewesen. Sie will nicht zum Arzt oder sie erinnert sich nicht. Hier im Dorf gibt es schon lange keine Arztpraxis mehr. Und mein Arzt in der Stadt fährt nicht hinaus aufs Land. Das darf oder will er nicht. Er macht überhaupt keine Hausbesuche mehr.

Vielleicht kann Schwester Daniela helfen, die damals mit Papa seinen Umzug ins Heim besprach. Leider kenne ich den Namen ihres Pflegedienstes nicht. Ich tippe *pflegedienst* ins Handy und erhalte sechs Vorschläge, alle aus der Stadt. Ich drücke die erstbeste Nummer und schildere, wie ich Mama heute vorfand.

„Wenn Sie Ihre Mutter nicht unverzüglich zum Arzt bringen, werden Sie sich vor Gericht wegen unterlassener Hilfeleistung verantworten müssen."

„Aber sie will es nicht."

„Nun, man kann keinen Menschen zu medizinischer Hilfe zwingen."

Man kann keinen Menschen zwingen, zu einem Arzt zu gehen, aber ich könnte wegen unterlassener Hilfe zur Verantwortung gezogen werden? Was soll ich nun machen?

„Können Sie herkommen?"

„Wenn der Patient keinen Pflegegrad hat, muss er die Hilfe des Pflegedienstes selbst bezahlen. Den Antrag auf Pflegegrad stellt man bei der Pflegekasse."

„Und was soll ich jetzt machen?"

Meine Frage hat die Frau nicht mehr gehört, sie hat aufgelegt. Aber warum? Ein Pflegedienst lebt davon, dass Leute ihren Service buchen. Ob den Service der Patient privat bezahlt oder eine Pflegekasse, spielt dabei keine Rolle, denn Auftrag ist Auftrag und bringt Geld.

„Mama, ich fahre jetzt einkaufen. Willst du mitkommen?"

„Keine Zeit!", blafft sie, dreht sich um und steigt die Treppe zum Schlafzimmer hinauf.

Zum Glück weiß ich, wo ich den Ordner mit den Versicherungsunterlagen finde. So kann ich den Schaden vorab telefonisch und später daheim online melden. Schwierig ist nur die Bezahlung, weil ich keinen Zugang zu Mamas Konto habe und in ihrer Börse kein Geld mehr ist. Mama erinnert sich nicht an ihre Geheimzahl und würde sie mir vermutlich auch nicht sagen, wenn sie diese wüsste. Mit der Bank brauche ich gar nicht erst zu reden, weil ich keine Vollmacht besitze. Ich muss versuchen, das mit Papa zu klären. Aber auch das wird schwierig, weil er in letzter Zeit kaum noch spricht. Er lässt sich gehen, weil er sich nicht damit abfinden kann, dass seine rechte Seite gelähmt bleiben wird.

„Ich bin nutzlos."

„So darfst du nicht reden. Nicht einmal denken", ermahne ich ihn.

Ich habe ihm alle seine Bücher gebracht, aber er rührt sie nicht an. Nicht einmal den Computer.

„Lieber will ich sterben, als so dahinzuvegetieren!", sagte er neulich.

Dabei hat er nichts auszustehen. Vielleicht wäre es einfacher für ihn, wenn Mama bei ihm leben würde. Aber sie will nicht. Immerhin weiß ich inzwischen, dass ihr Verhalten auf eine fortgeschrittene Demenz schließen lässt.

„Deine Mutter gehört in ein Heim", blafft Timo.

„Sie will aber nicht."

Timo verdreht die Augen.

„Sie ist krank und hat nichts zu wollen."

„Timo!", rufe ich entsetzt aus.

„Und wenn sie keine Hilfe will, hast du das zu akzeptieren. Begreife das endlich!"

„Aber ich kann sie doch nicht ..."

„Natürlich kannst du! Du willst nur nicht. Du willst der Samariter der Welt sein."

„Aber Mama ..."

„Aber, aber ... Immer kommt ein Aber von dir. Ich kann es nicht mehr hören!"

Ich weiß nicht, was ich machen soll. Mit wem ich auch darüber spreche, mich scheint keiner zu verstehen. Die einen sagen, ich soll Mama ins Heim geben, die anderen unterstellen mir, dass ich sie nur loswerden will.

*****

„Hiiilfee! Hilfe!", schreit Mama.

„Mama, ich will nur die Wäsche raus in die Sonne hängen und bin gleich zurück."

Kaum bin ich an der Tür, schreit sie wieder. Was soll ich nur tun?

„Wir gehen zusammen hinaus auf die Terrasse."

„Mit dir gehe ich nirgendwohin."

Ich lasse mich von ihrer Bemerkung nicht irritieren.

„Du kannst mir die Klammern reichen und ich bin schneller mit der Wäsche fertig. Dann können wir zusammen einen Kaffee trinken."

Eine Reaktion erwarte ich nicht mehr, auch keine Antwort, weshalb ich kaum noch etwas frage. Sie weiß sowieso nicht, was sie will. Und wenn sie etwas will, dann muss es sofort sein, was sich in der nächsten Sekunde bereits wieder ändern kann. Ich bin von diesem Hin und Her ausgelaugt und möchte nur noch schlafen.

Papa freut sich, dass ich mich um Mama kümmere, aber Jenni lacht mich aus. Sie sagt, ich sei selbst daran schuld, wenn ich mich so aufreibe.

Beim Wäscheaufhängen gesellt sich die Nachbarin zu uns.

„Was ich dich schon fragen wollte: Warum lässt du deine Mutter so oft um Hilfe rufen?"

„Ich helfe ihr."

„Nichts tust du!", zetert Mama. „Du tust mir weh."

Die Nachbarin stemmt ihre Hände in die Hüften und holt geräuschvoll Luft. Wütend schaut sie mich an.

„Glauben Sie wirklich, ich meiner Mutter etwas zuleide tue?"

„Warum schreit sie dann?"

„Das weiß ich nicht. Das weiß sie selber nicht."

Die Nachbarin schnieft durch die Zähne. Ich sehe ihr an, dass sie mir nicht glaubt. Manchmal möchte ich selbst schreien, vor Wut, weil ich bei jedem Ruf sofort zu Mama laufe, obwohl mir klar ist, dass gar nichts passiert ist. Sie weiß nicht, dass sie um Hilfe gerufen hat.

Mama plappert munter mit der Nachbarin. Selten erlebe ich sie so gut gelaunt. Wenn sie so spricht wie jetzt, merkt man ihr die Demenz nicht an.

„Melanie will eine Pflege bestellen, damit sie nicht mehr so oft hierher kommen muss."

„Ja, die jungen Leute aus der Stadt … Sie vergessen, wo sie herkommen und kümmern sich nicht um ihre Eltern. Wo soll das noch hinführen?"

Soll ich mich rechtfertigen und sagen, dass ich täglich nach der Arbeit fast zwanzig Kilometer fahre, um nach meiner Mutter zu sehen? Und manchmal hier übernachte? Nein, das habe ich nicht nötig.

„Meinen Mann hat sie schon ins Heim gebracht", behauptet Mama.

„Ins Heim? Warum das denn? Er er ist doch noch so jung! Hat kein einziges graues Haar."

Hektisch fährt sich Mama durch ihre Haare.

„Ich auch nicht", sagt sie schnippisch.

„Naja, zählen möchte ich sie nicht."

Die Nachbarin beugt sich zu Mamas Kopf, als ob sie tatsächlich ihre grauen Haare zählen will.

„Immerhin muss ich sie nicht färben wie gewisse andere Leute", kontert Mama und betrachtet demonstrativ die tiefschwarz gefärbten Haare der Nachbarin.

„Papa hatte einen Schlaganfall", erkläre ich nun doch. „Und Mama konnte ihn nicht versorgen – schon gar nicht mit ihrem gebrochenen Arm."

„Was redest du wieder für einen Unsinn?", empört sich Mama. „Arm gebrochen? Das hättest du wohl gern?"

„Einen Pflegedienst will sie nicht", erkläre ich, obwohl mich das keiner gefragt hat.

„Fremde kommen mir nicht ins Haus! Das fehlte noch."

„Und du? Warum bist du so selten hier?", fragt die Nachbarin.

Sieht sie nicht, dass ich jeden Tag hier bin?

„Ich muss arbeiten."

„Immerhin bist du die Tochter und deinen Eltern verpflichtet."

Natürlich bin ich die Tochter. Aber ich bin nicht die einzige Tochter, ich habe noch eine Schwester, die keine Lust hat, sich um Mama zu kümmern.

„Wie gesagt: Ich muss arbeiten."

„Tja, wem die Arbeit wichtiger ist als die eigene Mutter ...", seufzt die Nachbarin. „Da kann man nichts machen."

Verschwörerisch blinzelt sie Mama zu, was mich wütend macht.

„Immerhin komme ich jeden Tag."

„Und wer hat dich gebeten, ständig hier aufzuschlagen und mich zu nerven?"

„Du", rufe ich entrüstet aus und zeige mit dem Finger auf ihre Brust. „Du rufst mich täglich an und verlangst, dass ich sofort komme."

„Sie lügt! Schon als Kind hat sie ständig gelogen."

Den Rest des Gesprächs höre ich nicht mehr. Ich lasse Mama und die Nachbarin stehen und fahre nach Hause. Natürlich habe ich ein schlechtes Gewissen, weil ich nicht einmal die Wäsche fertig auf die Leine gehangen habe. Wenn Mama die Terrassentür nicht abschließt? Oder wieder stürzt? Aber das kann auch passieren, während ich im Büro bin. Mit dem Auto kann sie nicht weg, das steht in der Werkstatt.

Als Mama die leere Garage sah, brüllte sie: „Hast du dir jetzt auch mein Auto unter den Nagel gerissen?"

Das hat mich tief verletzt. Als ich daran denke, ist mein schlechtes Gewissen im Nu verflogen und ich fahre entspannt nach Hause.

Timo ist nicht da. Ich rufe Jenni an und erzähle ihr vom Streit mit der Nachbarin.

„Was mischst du dich auch ein?", tadelt sie.

Sofort laufen mir Tränen über die Wangen. Ich will doch nur helfen und werde dafür von allen Seiten beschimpft. Und was macht Jenni? Sie tut, als geht es sie nichts an, dass unsere Mutter nicht allein zurecht kommt.

„Du musst dich auch um Mama kümmern!", fauche ich.

„Gar nichts muss ich."

„Wir sind eine Familie. Mama braucht dich."

„Zu mir hat sie das nicht gesagt und vermutlich zu dir auch nicht."

„Ich weiß aber, dass sie Hilfe braucht."

„Du glaubst zu wissen, was Mama will und was sie braucht. Auf den Gedanken, dass ihr das Alleinsein mal gut tut, kommst du nicht. Lass sie doch ihre Fehler machen! Das ist ihr gutes Recht. Sie will deine Hilfe nicht. Also akzeptiere das endlich!"

„Aber sie ist wie ein Kind! Sie glaubt, sie kann alles allein, aber das kann sie nicht."

„Na und? Sie ist erwachsen. Wenn sie merkt, dass es nicht mehr geht, wird sie sich schon melden. Bis dahin …"

Jenni hat aufgelegt.

Jenni glaubt, Familie ist Vater, Mutter, Kind. Wenn das Kind erwachsen ist, darf es tun, was es will und selbst eine Familie gründen. Dann entsteht ein anderer Kreis, eine andere Verantwortung, die mit der Ursprungsfamilie nichts zu tun hat.

Auch Timo sieht das so. Er hält nicht viel von seiner Familie, die ich kaum kenne. Er spricht nicht über sie und hat mir nur einmal mit wenigen Worten seine Kindheit geschildert. Sein Vater ist mehr im Gasthof als daheim oder bei seiner Geliebten. Diese Frau ist neun Jahre älter als er, obwohl sich alternde Männer meist junge Frauen suchen. Timos Mutter ist jähzornig. Sie verprügelte ihre Kinder beim geringsten Anlass und nahm dazu ein dünnes Geschirrtuch, in das sie einen Knoten knüpfte oder irgend etwas, was ihr gerade in die Finger kam, einmal sogar den Schürhaken vom Herd. Keins von Timos Geschwistern hielt es lange im Elternhaus aus, alle gingen schon früh ihre eigenen Wege.

Timo liebt nur seine Schwester Vroni, mit der er sich hin und wieder trifft. Mich will er nie dabei haben, weil Vroni mich nicht mag. Ich bin ihr zu gewöhnlich. Dabei habe ich im Gegensatz zu ihr eine abgeschlossene Berufsausbildung. Vroni dagegen hat nichts gelernt, ist aber stolz darauf, bei einem stadtbekannten Schönheitschirurgen zu arbeiten. Sie bildet sich viel darauf ein, obwohl sie nur am Telefon sitzt, die Kundinnen empfängt und ihnen in den Mantel hilft.

November

Der dichte Nebel hat den Main, seine beiden Ufer und die halbe Stadt verschluckt. Alles versinkt in graublauem Dunst, was ich furchtbar gruselig finde. An solchen Tagen gehe ich ungern vor die Tür. Ich mag nichts Verstecktes. Ich möchte alles klar und deutlich sehen.

Ich hasse den November. Er ist kalt, nass, windig, grau, dunkel und stimmt mich traurig. Und er leitet den Winter ein, den ich auch nicht mag – schon gar nicht in der Stadt, wo der Schnee zu Matsch wird. Schon als Kind mochte ich keine dicken Jacken und Stiefel, weil sie einengen und ich trotzdem friere. Im November packt mich jedes Mal der Winterblues. Ich finde morgens nur schwer aus dem Bett und fühle mich den ganzen Tag über schlapp. Dann mag ich nichts mehr essen, nur Schokolade, am liebsten Nugat. Davon kann ich drei Tafeln auf einmal hinunterschlingen und ich nehme zu, was mich noch trauriger stimmt. Jenni sagt, ich sei überall rund und moppelig.

Heute bin ich besonders unglücklich, weil Mama sämtliche Schränke ausräumte und alles auf dem Boden verteilte. Ich fand das Haus in einem fürchterlichen Chaos vor. Ich kann einfach nicht mehr. Ich will auch nicht mehr. Aber jemand muss sich um Mama kümmern, doch heute kann ich nicht. Ich habe nur noch geweint.

Als Mama schrie, ich soll verschwinden, habe ich sie in all der Unordnung zurückgelassen. Natürlich habe ich nun ein schlechtes Gewissen, während ich nach Hause fahre, denn wie soll sich Mama in all der Unordnung zurechtfinden?

Andererseits sehne ich mich nach freundlichen Worten und ganz viel Liebe. Nach Timo.

Es tut so gut, endlich wieder bei Timo zu sein. Ich kuschle mich zu ihm aufs Sofa und schmiege mich an seine Schulter. Er schiebt mich zurück. Doch das hat nichts zu bedeuten, das tut er immer. Er mag körperliche Nähe nur in dem Moment, in dem er mich begehrt. Ich bin normalerweise zurückhaltend, nur bei Timo bin ich anders und möchte ihn immerzu berühren.

„Was soll ich nur tun?", frage ich verzweifelt, nachdem ich ihm von der Unordnung in Mamas Haus berichtet habe.

„Das musst du selber wissen."

„Wenn ich es wüsste, würde ich nicht um Rat fragen."

„Mir egal. Ich fahre morgen zu Ignite und komme erst Montag zurück."

„Wer ist Ignite?"

„Punkrock, Hardcore. Kalifornier."

Es geht also um eine Musikgruppe und Timo fährt zu einem Konzert. Das freut mich für ihn, nur werde ich dann zwei Tage und drei Nächte allein sein. Oder soll ich dieses Mal mitfahren? Aber was ist, wenn Mama anruft, Hilfe braucht und ich nicht da bin?

„Zeltest du wieder mit deinen Freunden?", frage ich, obwohl es im November dafür viel zu kalt ist.

„No friends, only Kati."

Timo sagt Wichtiges auf Englisch, um ihm mehr Gewicht zu geben. Das bringt mich zum Lachen. Ich habe schon lange nicht mehr gelacht.

„Wer ist Kati?"

„Kennst du nicht. Eine, die sich für gute Musik und den geilen Sound von Motorrädern interessiert." Er klopft sich mit seiner Hand auf die Brust. „Und für mich. She loves me."

„Oha! Ist sie wenigstens hübsch?", frage ich immer noch lachend.

„Und ob! Schwarze Haare, geile Figur, geht ab wie Schmidts Katze."

„Wie meinst du das?"

Timo verdreht die Augen.

„Wie ich das meine? Die ist dauergeil."

Dabei macht er anzügliche Bewegungen. Seine etwas derben Ausdrücke bin ich gewöhnt, aber jetzt finde ich sie unpassend und schaue ihn fragend an.

„Du bist selbst schuld. Du hast mich verlassen und wohnst seit Wochen bei deiner Mutter."

„Ich habe dich nicht verlassen. Das würde ich niemals tun. Niemals!"

„Es ist so, wie ich's gesagt habe."

„Aber was genau hast du gesagt?"

„Ich habe gesagt, dass Kati meine neue Freundin ist. Kapiert?"

Ich habe nichts gegen neue Freunde. Es ist doch gut, dass sich Timos Freunde für seine Musik und Motorräder interessieren, was mir nie gelang.

„Ich sag es mal so: Kati ist so eine, die mit mir ins Kornfeld geht."

„Aber was willst du im Kornfeld?"

Timo mimt mit der Hand einen Scheibenwischer vor seiner Stirn und singt: „Ein Bett im Kornfeld ... mmmhm ... was ist schon dabei ... mmmhm."

Wieder macht er diese unschöne Bewegung und ich weiß plötzlich, was er meint. Kati ist nicht *eine* Freundin, sondern *seine* Freundin, eine fürs Bett.

Timo ist fremd gegangen! Schockiert und gleichzeitig angewidert rücke ich ein Stück zur Seite.

Als wir uns kennenlernten, wollte Timo überall über mich herfallen. Im Auto, im Wald, im Zelt, in einer Nebenstraße, wo jeder uns entdecken konnte und es schrecklich unbequem war. Ich wollte das nicht und fand es schrecklich, dass er so unbeherrscht wie ein Tier war.

„Warten wir, bis wir daheim sind", bat ich ihn jedes Mal.

Doch daheim im Bett war seine unbändige Lust auf einmal verflogen.

Diese Kati ist also eine, die mit ihm ins Kornfeld geht, die zu seiner Motorradclique und in seine Musikszene passt. Oder ist sie einfach nur Timos Anhängsel, das überall zufrieden mitläuft?

„Wie armselig!", rufe ich aus, springe auf und greife nach meiner Tasche.

„Nimm deine Sachen und verschwinde!", zischt er.

„Aber wir sind verheiratet!"

„Na und? Das hat dich bis jetzt nicht gestört und mich stört es auch nicht."

„Was meinst du mit gestört?"

Timo verdreht die Augen.

„Noch einmal langsam zum Mitschreiben: Du lebst seit Wochen bei deiner Mutter und kannst gern dort bleiben."

Meine Tasche rutscht mir aus der Hand und in Zeitlupe zu Boden.

„Mama braucht mich."

„Eben. Also geh wieder hin und zwar heute noch!"

Ich soll gehen? Ich bin gerade erst angekommen und wollte mit Timo einen schönen Abend und eine wunderbare Nacht verbringen. Das hat sich nun erledigt, denn wegen seiner Affäre ist mir die Lust darauf vergangen. Er soll es nicht wagen, mich heute anzurühren.

„Aber warum soll ich zurück zu Mama? Ich wohne hier."

„Jetzt nicht mehr. Ich bleibe hier. Alles meins." Timo zeigt auf den Fernseher, seine Lautsprecher, das Regal mit den CDs und die vielen Fotos von Motorrädern an der Wand. „Die Trennung ist also denkbar einfach."

„Wieso Trennung? Ich verstehe kein Wort."

„Du packst deine blöden Bücher, Nippes und Klamotten und machst dich vom Acker. Den Haushaltskram lässt du hier, hast ja alles bei deiner Mutter."

„Ich will keine Trennung. Wir gehören zusammen", stottere ich leise. „Für immer."

„Nichts ist für immer."

„In guten wie in schlechten Zeiten", ergänze ich noch leiser.

„Bist du so naiv oder tust du nur so?" Timo baut sich vor mir auf und schaut mir von oben herab ins Gesicht. „Ich will dich nicht mehr sehen. Geh!"

Geh!, schreit er so laut, dass ich zusammenzucke.

Wohin soll ich gehen? Zu Mama, hat er gesagt. Ich soll meine Sachen packen. Kleider und Bücher hat er gesagt, kein Haushaltskram. Wie benommen schleppe ich mich in die Schlafstube, öffne den Schrank und starre auf meine Pullis und Jeans, die vor meinen Augen seltsam weiß verschwimmen. Mir wird schwindlig und ich sinke aufs Bett. Lass mich aus diesem bösen Albtraum erwachen oder ohnmächtig werden, bete ich. Aber ich träume nicht, ich bin wach und wage nicht, mich zu bewegen, denn ich habe das Gefühl, dass es mir gleich den Boden unter meinen Füßen wegzieht.

Mein Blick fällt auf das Foto auf meinem Nachtkasten. Darauf grinst mir Timo frech ins Gesicht. Jenni hatte es aufgenommen, als ich Timo zum ersten Mal mit in unsere Wohnung brachte. Ich lache nicht in die Kamera, ich strahle Timo an. Ich weiß noch, wie überaus glücklich ich war und dachte, dass dieses Glück für immer hält. Ich packe das Bild und zerreiße es in tausend winzige Stücke. Meine Tränen tropfen auf die Schnipsel und machen sie nass. Timo liebt eine andere, die lieber auf einem Motorrad sitzt als auf einem Stuhl und dabei verzückt Heavy Metal hört.

Plötzlich packt mich eine unbändige Wut und ich werfe alle meine Sachen in den großen Koffer. Um meine Bücher werde ich mich später kümmern. Jetzt muss ich hier raus, sonst ersticke ich.

Mit Wucht werfe ich den Koffer und einen Beutel mit Schuhen ins Auto. Ich sitze am Steuer, fahre aber nicht los. Wohin auch? In meinem Kopf kreisen wirre Gedanken. Ich sehe mich mit Timo im Zelt, als Kind in unserem Dorf, heute im Haus mit Mama und immer wieder Timo. Timo.

„Mach den Kofferraum auf!"

Es ist Timo! Er hat es sich anders überlegt! Er wird sagen, dass er nur Spaß gemacht hat. Ich hasse solche Späße, aber heute nicht. Heute werde ich diesen blöden Spaß lieben.

Erfreut springe ich aus dem Auto und will Timo umarmen. Nur kurz kommt mir der Gedanke, dass ich schmollen und ihn zappeln lassen sollte. Doch so etwas kann ich nicht, ich kann mich nicht verstellen. Mir sieht jeder mein wirkliches Gefühl an.

„Lass das!", bellt Timo und zeigt auf eine große Kiste. „Deine Bücher. Die will ich hier nicht haben."

Ohne mich anzusehen, geht er fort. Fassungslos stehe ich neben der Kiste und schaue ihm hinterher.

An der Haustür dreht er sich noch einmal um und ruft: „Im Hausflur stehen noch zwei."

Dann ist er verschwunden. Wie benommen schaue ich auf die Kiste und sehe, dass die Bücher nass werden. Es regnet. Meine Arme hängen wie Blei an meinem Körper herunter. Endlich begreife ich, dass es meine Bücher sind, die hier im Regen stehen, weil sie Timo nicht in *seiner* Wohnung will.

Ich greife nach der Kiste, kann sie aber nicht anheben. Sie ist einfach zu schwer.

Die Haustür öffnet sich erneut und ich schöpfe noch einmal Hoffnung, obwohl ich weiß, wie dumm das ist. Ich sehe einen Mann auf mich zukommen, der eine Kiste schleppt. Aber es ist nicht Timo. Es ist der Nachbar aus dem zweiten Stock. Er wuchtet die Kiste in den Kofferraum und dann die, die ganz nass neben dem Auto steht. Dann hebt er meinen Koffer auf die Rückbank, um Platz für die dritte Bücherkiste zu schaffen. Ich beobachte ihn stumm und denke noch, dass ich mich bedanken sollte. Aber mein Hals ist wie zugeschnürt.

„Nichts für ungut. Ich mochte Sie immer gern, aber keine Liebe bleibt für immer. Nichts ist für immer."

Der Mann wusste also, dass sich Timo von mir trennt. Nur ich wusste es nicht. Mir zittern die Beine, ich sinke auf den Fahrersitz, drücke aber die Zündung nicht. Mir ist derart übel, dass ich wieder aussteige und mich in den Rinnstein übergebe. So elend und einsam habe ich mich in meinem ganzen Leben nicht gefühlt.

„Ist dir schlecht?", fragt ein helles Stimmchen und reicht mir ein Taschentuch.

Lenya!

„Ich wusste, dass du heute kommst."

Woher will dieses Kind wissen, dass ich heute hierher komme. Nicht einmal ich wusste, dass ich heute nach Hause komme. Nach Hause. Ich habe kein Zuhause mehr. Weil Mama ein Chaos verursachte und mich anschrie, ich soll verschwinden, fuhr ich aus Verzweiflung fort und suchte Trost bei Timo. Doch jetzt bin ich verzweifelter als je zuvor.

„Wo warst du denn so lange?"

Noch immer finde ich keine Worte.

„Ich weiß schon, du warst bei deiner Mama. Das hat mir dein Mann gesagt."

Ich nicke.

„Warum stehst du denn auf der Straße? Ist dein Mann böse zu dir?"

Wieder nicke ich.

„Zu mir ist er auch böse. Er hat mich immer weggeschickt, wenn ich dich besuchen wollte."

Ich räuspere mich und sage, dass Timo auch mich weggeschickt hat.

„Hat er auch gesagt, dass er dich haut, wenn du nicht gleich verschwindest und dich noch einmal hertraust?"

„Aber nein", sage ich.

„Zu mir hat er das sehr wohl gesagt."

Timo wollte ein kleines Mädchen schlagen. Fassungslos schaue ich Lenya an und schlinge tröstend meine Arme um sie.

„Du bist ja ganz nass!", rufe ich aus.

„Nur mein Anzug", erklärt Lenya klug und klopft auf ihre Arme.

Sie trägt einen einteiligen rosa Anzug mit roten

Herzchen, dazu gelbe Gummistiefel und einen gelben Regenhut mit breiter Krempe. Gerührt betrachte ich das hübsche kleine Mädchen.

Im gleichen Moment fällt mir ein, dass sie etwa in dem Alter ist, in dem meine kleine Marie wäre, wenn sie nicht vor vier Jahren in meinem Bauch gestorben wäre. Das treibt mir sofort die Tränen in die Augen.

„Weinst du etwa?" Lenyas Stimme klingt empört.

„Ich wollte, dass du meine Mama wirst. Aber wenn du auch nur den ganzen Tag weinst, kann ich auch bei ihr bleiben."

Sie dreht sich um und ist im gleichen Moment verschwunden, als wäre sie ein Geist und nie hier gewesen. Verblüfft schaue ich ihr nach.

Völlig verwirrt setze ich mich ins Auto und wieder weiß ich nicht, was ich machen soll. Ich muss mit jemandem reden, jemand, der mich versteht, der mich tröstet. Als erstes fällt mir Jenni ein. Sie wohnt hier in der Stadt. Ihr kann ich von meinem großen Unglück erzählen. Ich rufe sie an und versuche, nicht laut zu schluchzen.

„Timo will mich nicht mehr haben."

„Das weiß ich schon."

Jenni weiß es? Auch der Nachbar aus dem zweiten Stock wusste es. Nur ich nicht.

„Woher?", stottere ich. „Woher weißt du´s?"

„Das spielt jetzt keine Rolle. Sei froh, dass du ihn

los bist!"

„Froh? Ich liebe ihn."

„Aber er liebt dich nicht."

Nein, er liebt eine andere, weil ich in letzter Zeit kaum Zeit für ihn hatte. Ist es dumm von mir, jemanden zu lieben, der sich von mir ungeliebt fühlt, weil ich meiner Mutter helfe?

„Timo ist mein Mann!"

„Timo ist ein Arschloch. Ich habe dir immer gesagt, dass er ein Arschloch ist."

Ich hasse es, wenn sich Jenni derb ausdrückt und fauche wütend: „Du verstehst überhaupt nichts! Dazu bist du viel zu jung."

Jenni lacht.

„Ich bin nur ein Jahr jünger als du, du doofe Nuss, aber an Erfahrung mindestens doppelt so alt."

Was kann sie schon für Erfahrungen haben? Vermutlich denkt sie an ihre Erfahrungen im Bett. Auf die kann ich gut verzichten. Aber nicht auf Timo.

„Ich will nicht ohne ihn leben. Ich kann es nicht."

Jenni schnieft laut durch die Nase.

„Nun übertreibe mal nicht!"

Mir hätte klar sein müssen, dass sie mich nicht tröstet, weil sie kein Mitgefühl hat. Nicht mit mir und schon gar nicht wegen Timo. Den mochte sie von Anfang an nicht.

„Besser allein als neben einem Idioten."

Timo ist kein Idiot. Er hat mich verlassen, weil ich in letzter Zeit mehr bei meiner Mutter war als bei ihm. Zum Teil verstehe ich das sogar. Aber er muss auch mich verstehen, denn ich kann Mama nicht sich selbst überlassen. Das bringe ich nicht übers Herz.

„Sieh es doch mal praktisch!", schlägt Jenni vor. „Seine laute Heavy-Metal-Musik und die Motorräder sind dir auf den Geist gegangen. Also ist es ein echter Glücksfall, dass der blöde Typ eine Trulla gefunden hat, die besser zu ihm passt."

„Waas?"

Fassungslos starre ich auf mein Handy, weil meine Schwester Ehebruch und Trennung als Glücksfall bezeichnet.

„Das feiern wir!"

„Feiern? Begreifst du nicht, dass ich unglücklich bin?"

„Das legt sich schnell. Vergiss ihn einfach!"

Timo kann ich nicht vergessen. Nie! Er ist mein Mann. Wir wollten für immer zusammen bleiben. Ich kann ihn nicht wie ein Kleidungsstück ablegen. Jenni kann das. Sie trennte sich immer leicht und hing nicht lange an einer Person. Sie wechselte ihre Freunde wie die Mode. Seltsamerweise nimmt ihr das niemand übel. Vielleicht, weil andere es auch nicht anders machen. Oder es liegt an Jennis besonderen Art. Jeder will mit ihr befreundet sein, ist dankbar für jede Zuwendung und betet sie regelrecht an. Sie blieb nie lange allein, weil sie ständig von Männern umgeben war, die darauf hofften, sie glücklich zu machen.

Mich macht das wütend und ich zische: „Wir hätten uns bei Mama abwechseln sollen. Dann wäre ich mehr daheim bei Timo gewesen."

„Gibst du mir etwa die Schuld, dass dich der Idiot in die Wüste schickt?"

„Es ist auch deine Mutter."

„Was hat unsere Mutter mit deinem blöden Mann zu tun? Es ist allein deine Schuld, dass du dich an sie klammerst."

„Ich klammere nicht. Ich versorge sie, weil sie allein nicht mehr zurecht kommt."

„Du mit deinen Übertreibungen. Hat sie dich gebeten? Nein! Geht sie allein aufs Klo? Ja! Also lasse sie in Ruhe und kümmere dich um deinen eigenen Kram!"

Jenni hat aufgelegt.

Sie ist der Meinung, dass man niemanden zu seinem Glück zwingen kann. Sie sagt, ich dränge mich auf und sollte lieber mehr an mich denken. Ich dränge mich nicht auf. Ich will doch nur helfen!

Zu Jenni kann ich also nicht, um mich bei ihr auszuheulen. Sie würde kein gutes Haar an Timo lassen und an mir auch nicht, weil ich nicht längst von allein gegangen bin. Auch wegen Mama gäbe es Streit, weil Jenni glaubt, ich übertreibe. Dabei sollte man unsere Mutter keine Stunde allein lassen. Sie verwechselt Tag und Nacht, findet die Tür zur Toilette nicht und wirft frisch gekaufte Lebensmittel in den Müll.

Neulich hatte sie die Haustür zugeworfen, aber den Schlüssel nicht mitgenommen. Sie stand barfuß im Nachthemd vor der Tür, klingelte und schrie immerfort: „Aufmachen! Mach endlich die Tür auf!"

Irgendwann fiel sie der Nachbarin auf. Sie ging hinaus, warf Mama einen Mantel über und holte sie in ihre Stube, wo sie auf mich wartete.

Als ich Jenni davon erzählte, lachte sie nur und sagte, dass so etwas bei alten Leuten passiert. Mama ist nicht alt, sie ist nicht einmal sechzig.

„Im ganzen Haus verstreut sie Tüten, Papiere und Wäsche."

„Na und? Ich rufe sie jeden Sonntag an. Wenn sie mich brauchen würde, würde sie es sagen. Aber sie hat gesagt, dass sie ihre Ruhe will und wir nicht mehr jeden Sonntag kommen sollen."

„Du sollst nicht mit Mama telefonieren, sondern zu ihr fahren."

„Begreifst du gar nichts? Sie will es nicht!"

„Fahre hin! Dann wirst du selbst sehen, dass sie allein nicht mehr zurecht kommt."

„Du mit deinen Übertreibungen! Das ist schon immer deine Macke. Das weiß jeder."

„Ich packe es nicht allein."

„Dann lass es! Spiele dich nicht als Opfer auf! Du hast dir das alles selbst ausgesucht. Erwarte also nicht, dass ich dich für dein Helfersyndrom lobe. Du gehst mir nur auf die Nerven."

Auf Jenni kann ich also nicht zählen – weder in Bezug auf Mama noch auf Timo.

Ich könnte Oma besuchen und mich von ihr mit Kuchen und Likör trösten lassen. Aber sie würde mir ins Gewissen reden, weil eine Frau zu ihrem Mann gehört – in guten wie in schlechten Zeiten. Man gibt nicht seine Ehe für die Mutter auf und man läuft auch nicht weg. Dabei bin ich nicht weggelaufen, Timo hat mich rausgeworfen. Hätte ich einfach bleiben sollen? Schließlich ist es auch meine Wohnung und er mein Mann. Aber er hat eine Freundin, mit der er jetzt in unserer Wohnung leben möchte.
Mich liebt er nicht mehr. Würde er mich wieder lieben, wenn ich nicht mehr zu Mama fahre? Oder ist es längst zu spät?
Warum passieren alle Katastrophen immer im November?

Zurück zu Mama mag ich so schnell auch nicht. Sie will mich nicht sehen und behauptet, ich dränge mich auf. Aber wo soll ich hin? Wenn Mama wenigstens eine Katze hätte, die sich an mich schmiegt und die ich streicheln und gern haben könnte. Aber Mama mag keine Tiere, obwohl sie auf dem Land lebt. Sie sagt, Tiere stinken und machen nur Dreck.
So viel ich auch nachdenke, ich habe keine andere

Wahl: Ich muss zurück zu Mama. Erstens weiß ich nicht, wo ich sonst bleiben kann und zweitens muss ich mich um Mama kümmern. Mich tröstet der Gedanke, dass es am Ende praktisch ist, bei ihr zu wohnen. Also fahre ich heim.

Daheim ist dort, wo man geboren ist, wo die Wurzeln sind. Zu Hause ist der Ort, wo man lebt, wo man sich wohl fühlt. Doch ein Zuhause habe ich nicht mehr.

*****

Ich trage meine Kisten ins Haus und schleppe sie hinauf in mein ehemaliges Kinderzimmer. Nicht alle meine Kleider und Schuhe finden im Schrank Platz, schon gar nicht meine vielen Bücher. Ich werde sie nicht auspacken können.

Mama ist nicht begeistert, dass ich wieder bei ihr einziehe. Dass ich ihr helfen möchte, versteht sie nicht, aber sie versteht, dass mich Timo vor die Tür setzt.

„Ich habe es kommen sehen, weil du so unmöglich bis und mit jedem Streit suchst."

„Wir hatten keinen Streit. Timo fühlt sich vernachlässigt, weil ich nicht bei ihm bin, sondern hier bei dir."

„Und wer hat dich darum gebeten, jeden Tag hier aufzuschlagen? Du gehst mir gewaltig auf die Nerven, wenn du immer hier herumhängst."

Sofort schießen mir Tränen in die Augen. Ich wollte etwas Gutes tun und habe damit alles Gute kaputt gemacht. Timo will mich nicht mehr und hat mich weggeschickt. Auch Mama will mich nicht, obwohl sie mich braucht. Jenni sagt, ich dränge mich auf und bin an allem selbst schuld. Sogar die kleine Lenya ist fortgelaufen, weil ich weine. Was soll ich nur tun?

Alles mache ich falsch. Dabei will ich nur helfen.

*****

Meine Kollegin, die intuitives Schreiben gut findet, rät mir, Timo einen Brief zu schreiben.

„Nein, Briefe zerstören nur den kläglichen Rest, der vielleicht noch vorhanden ist."

„In einem Brief kann man alles in Ruhe erklären, die passenden Worte wählen und Missverständnisse ausräumen."

„Nein, ein Brief *schafft* noch mehr Missverständnisse, weil Timo nur das versteht, was er bereits weiß. Alle meine Worte kämen ganz falsch bei ihm an."

Ich sehe meiner Kollegin an, dass sie mir nicht glaubt. Aber es ist wirklich so. Das geschriebene Wort kann nicht wie das gesprochene korrigiert oder durch ein Lächeln gemildert werden. Man weiß nie, wie es ankommt und kann es nicht mehr beeinflussen.

„Ganz wichtig ist: Du musst den Brief *unbedingt* mit der Hand schreiben und per Post schicken. Keine Mail, keine SMS."

„Nein, denn handgeschriebene Briefe sind eine Zumutung, weil man die Schrift oft nur mit Mühe entziffern kann und die Lust am Lesen verliert. Wenn schreiben, dann per Computer und ausdrucken."

„Nein, nein, nein! Jeden Satz fängst du mit Nein an. Dir ist wirklich nicht zu helfen."

Mit diesen Worten lässt mich meine Kollegin stehen und wendet sich ihrer Arbeit zu.

Ich finde die Idee, Timo einen Brief zu schreiben, absurd und unsinnig. Trotzdem denke ich darüber nach und überlege, was ich ihm schreiben würde, wenn ich ihm schreiben würde. Ihn bitten, mich wieder aufzunehmen? Oder sollte ich ihm Vorwürfe machen, weil er nur an sich denkt und mich nicht versteht? Vielleicht sollte ich an gemeinsame gute Zeiten erinnern. Doch was nützt die schönste Erinnerung, wenn sie in der Gegenwart nicht zählt? Man kann die Zeit nicht zurückdrehen und beim nächsten Mal alles besser machen.

Was wäre, wenn ich Jenni einen Brief schreibe und sie frage, warum sie seit Jahren so abweisend ist? Als Kinder verstanden wir uns gut und waren uns nahe. Damals wollte sie immer so sein wie ich. Jetzt wirft sie mir vor, dass ich anders bin als sie. Oder sollte ich ihr erklären, warum ich Timo immer noch liebe? Ich könnte sie bitten, sich mehr um Mama zu kümmern.

Und Mama? Würde sie einen Brief von mir überhaupt lesen? Würde sie verstehen, dass ich ihr nur helfen will, obwohl das nicht einfach für mich ist? Nein, das würde sie nicht verstehen. Sie empfindet meine Hilfe als Übergriff und möchte, dass ich mir endlich eine eigene Wohnung suche. Zumindest begreift sie, dass ich nicht zu Timo zurück kann, weil bei ihm eine neue Frau lebt, die in meinem Bett schläft.

An Papa würde ich gern schreiben. In seinem Brief wüsste ich ganz genau, was ich erzählen will und wie ich es formulieren muss. Er würde jedes Wort genauso verstehen, wie ich es schreibe.

„Sieh es doch mal praktisch", fasst Jacki die Situation zusammen. „Du musst nicht mehr zwischen Timo, deiner Mutter und der Arbeit hin und her gurken, du wohnst bei deiner Mutter und kannst ganz ungestört dein Helfersyndrom pflegen."

Als Helfersyndrom bezeichnet man eine zwanghafte Hilfsbereitschaft, ein übermäßiges Bedürfnis zu helfen, auch wenn man nicht darum gebeten wird. Doch Mama kann nicht um Hilfe bitten, weil sie nicht weiß, dass sie Hilfe braucht. Aber ich kann sie nicht sich selbst überlassen. Das bringe ich nicht übers Herz. Es ist natürlich klüger, bei Mama zu wohnen, aber nun muss ich zwanzig Kilometer zur Arbeit fahren. Das kostet Zeit, Geld und Nerven.

„Eine Krankschreibung ist jetzt nicht mehr möglich", erklärt mein Chef. „Ich kann Sie – wenn auch ungern - bis zu vierundzwanzig Monaten von der Arbeit freistellen, allerdings unbezahlt."

Mir ist klar, dass mein Chef mir kein Gehalt zahlt, wenn ich keine Leistung bringe. Aber wovon soll ich leben?

Pflege

Ich hole Mamas Krankenkärtchen aus ihrem Geldbeutel und rufe in der Krankenkasse an. Ich schildere, dass meine Mutter ihren Haushalt nicht mehr führen kann und ich mit der Hilfe überfordert bin. Schließlich will ich meine Arbeit nicht verlieren.

„Den Antrag auf einen Pflegegrad muss Ihre Frau Mutter selbst stellen."

„Das kann sie nicht und das will sie auch nicht."

„Dann kann ich Ihnen auch nicht helfen."

„Aber meine Mutter *braucht* Hilfe."

„Das mag sein, aber jeder Mensch hat das Recht, selbst zu entscheiden, ob er Hilfe *annimmt*."

Da ist er wieder, der Vorwurf zu helfen, obwohl ich nicht darum gebeten werde. Aber Mama *braucht* Hilfe, die ich inzwischen gern abgeben würde, weil ich es einfach nicht mehr allein schaffe.

„Bestellen Sie beim Amtsgericht einen Betreuer oder Sie lassen sich als Betreuer eintragen. Dann dürfen Sie den Antrag auf Pflegegrad stellen und erhalten je nach Pflegestufe Pflegegeld."

Ich habe im Internet herausgefunden, dass das Wort Betreuer eine gewaltige Irreführung ist. Man glaubt, der Betreuer geht mit einem spazieren und erledigt die Einkäufe und den Haushalt. Dabei kümmert sich ein Betreuer nur um die verwaltungs-rechtlichen Dinge, löst den Haushalt auf, führt das Konto, verkauft das Auto und bestimmt sogar, ob und wann man Besuch bekommt. Er kümmert sich nicht um das körperliche und seelische Wohl sei-nes Klienten, er vertritt ihn nur öffentlich, was einer Entmündigung gleichkommt. Das will ich nicht.
Einfacher und sogar wichtiger ist eine Vorsorge-vollmacht, kombiniert mit einer Patientenverfügung und Bankvollmacht. Den Text für diese Schreiben muss ich mir nicht selbst ausdenken, ich kann die entsprechenden Formulare sofort ausdrucken und von den Eltern unterzeichnen lassen, denn auch Papa braucht Sicherheit, damit alles in seinem Sinn verfügt wird.
Papa ist sofort einverstanden. Allerdings will er nur mich als Bevollmächtigten sehen. Nicht Jenni. Mir wäre es lieber, wenn Jenni und ich gemeinsam verantwortlich sind, uns absprechen und einig sein müssen. Papa glaubt, das gäbe nur Streit, weil

Jenni und ich so verschieden sind. Ich fürchte, sie kränkt es, nicht gefragt zu werden. Vielleicht aber ist sie froh, nichts damit zu tun zu haben.

Mama will das Papier sofort zerreißen.

„Es ist wichtig, weil es zu deinem Schutz ist", erkläre ich.

„Du willst nur deinen eigenen Vorteil. Ich kenne dich! Wenn ich jemals etwas unterschreibe, dann nur für Jenni. Die nervt mich nicht so wie du. Aber noch ist es nicht soweit. Noch bin ich im Besitz meiner Kräfte. Noch sage ich, was ich will."

„So ist es auch gedacht. Du sagst, was du willst und so wird es aufgeschrieben. Das Papier greift erst, wenn du nicht mehr sagen kannst, was du willst."

„Für deinen Vater ist so etwas gut. Er ist krank. Gelähmt. Er lebt im Heim. Ich bin gesund und werde niemals in ein Heim gehen."

„Das kannst du alles in der Patientenverfügung festlegen."

„Papperlapapp! Papier ist geduldig. Du machst ja doch, was du willst."

„Ich will, dass du versorgt bist."

„Das mache ich schon selber. Dazu brauche ich dich nicht." Sie weint. „Du bringst mich noch ins Grab!", schreit sie plötzlich.

*****

Ich fahre zu Papa ins Betreute Wohnen, damit auch er die Papiere durchsehen und unterzeichnen kann.

„Ich muss mit dir reden!", sagt er ernst. „Doch dazu brauche ich Mut."

Ebenso ernst setze ich mich zu ihm.

„Auf der Anrichte steht eine Flasche Wein und im Kühlschrank Wodka."

„Papa!"

„Geh schon! Hol die Getränke!"

Nachdem ich Wein und Wodka in Gläser gefüllt und mich wieder zu Papa gesetzt habe, sagt er: „Ich will sterben."

„Was?"

„Sterben. Und zwar selbstbestimmt."

„Du willst dich umbringen?"

„Nein", sagt er scharf. „Ich will ganz normal und natürlich sterben."

„Niemand weiß, wann er sterben muss."

„Ich weiß es, weil ich den Zeitpunkt selbst festlegen werde."

„Aber das geht nicht!"

Er will sich also doch umbringen, denke ich entsetzt.

„Doch, das geht. Ich werde aufhören zu essen und zu trinken. Sterbende verweigern das Essen. Das ist ganz natürlich."

„Aber das ist verhungern! Man kann doch niemanden verhungern lassen."

„So wie du denken viele Menschen, sogar Ärzte. Sie verhindern das natürliche Sterben, indem sie eine Magensonde zur Zwangsernährung einsetzen. Das will ich nicht. Ich will auch nicht beim nächsten Schlaganfall reanimiert werden."

„Aber warum?"

„Weil ich es nicht will. Du sollst es nur zur Kenntnis nehmen."

„Aber ich verstehe es nicht."

„Das musst du auch nicht. Mein Pfleger und die Hausärztin wissen Bescheid und helfen mir während der letzten Tage."

„Wie denn?"

„Zum Beispiel können sie mir den Mund befeuchten oder zur Not Morphium geben."

„Hast du Schmerzen?"

„Die werden kommen, weil ich schon jetzt keine Medikamente mehr nehme."

„Aber warum willst du dein Leben beenden?"

„Weil es kein wirkliches Leben mehr ist. Ich sitze den ganzen Tag in meinem Sessel oder Rollstuhl oder liege im Bett. Meist packt mich der Pfleger bereits am Nachmittag ins Bett, bevor er in den Feierabend geht. Ich kann nicht einmal allein zur Toilette und an manchen Tagen nicht allein essen."

„Nicht Essen", murmle ich fassungslos. „Verhungern."

Natürlich sehe ich, dass Papa leidet und verstehe auch, dass ihm sein Leben nicht mehr gefällt. Aber deshalb darf er doch nicht sein Leben beenden.

„Das nennt sich Sterbefasten."

Sterbefasten. Davon hörte ich noch nie. Ich kenne nur das Fasten, das Jenni in jedem Frühjahr drei Tage lang durchzieht, um abzunehmen.

„Hast du mit Mama darüber gesprochen?"

„Bewahre! Nein! Niemand soll es erfahren, weil ich nicht will, dass man mir dumme Fragen stellt und mir mein Vorhaben ausreden will. Es ist meine Entscheidung. Punkt."

„Du erzählst es aber mir."

Papa nickt.

„Weil ich deine Hilfe brauche. Ich will keine Obduktion, ich will nicht aufgebahrt werden, sondern nur verbrannt. Ich habe das zwar schriftlich festgelegt, aber ich möchte, dass du es weißt und darauf achtest. Den Rest entscheidet ihr."

Nun nicke ich zustimmend, obwohl Papa nach seinem Tod gar nicht merkt, was danach mit seinem Körper passiert.

„Niemand soll mehr an mir herumzupfen. Ich will das nicht. Ich will dann endlich meine Ruhe. Nur Ruhe."

Wieder nicke ich und murmle: „Verstehe."

„Kann ich mich auf dich verlassen?"

„Selbstverständlich."

Papa weiß, dass ich immer all meine Versprechen halte. Mir ist nach einem zweiten Wodka, aber ich muss noch zwanzig Kilometer über Land fahren.

*****

Mit der Vorsorgevollmacht kann ich bei der Krankenkasse die Pflegestufe für Mama beantragen. Als der medizinische Dienst kommt, hat Mama einen ihrer wenigen guten Tage. Sie schnattert begeistert von ihrem Leben auf dem Land und dem Garten, den sie gar nicht hat.

„Du musst hier nicht rumsitzen!", blafft sich mich an. „Du solltest uns einen Kaffee kochen."

„Können Sie das nicht selbst?", erkundigt sich die Frau.

„Natürlich kann ich das. Aber jetzt macht das meine Tochter und ist endlich mal zu was nütze."

Wenn ich nicht da gewesen wäre, hätte die Frau gesehen, dass Mama keinen Kaffee mehr kochen kann, weil sie alles durcheinander bringt. Mal gießt sie kein Wasser in den Behälter oder schüttet es nach dem Einfüllen weg, mal benutzt sie die alte Filtertüte mit dem Restpulver vom Vortag, mal schaltet sie die Maschine nicht an und noch öfter nicht aus. Mama ist wie aufgedreht und nennt die Frau Elvira. Kennt sie sie? Oder glaubt sie, in ihr eine alte Freundin zu erkennen, die für einen Schwatz vorbeikommt?

„Welche Erkrankungen wurden bei Ihnen festgestellt?"

„Erkrankungen? Wie kommen Sie darauf?"

„Macht Ihr Arzt Hausbesuche? Oder müssen Sie in

238

die Praxis fahren?"

„Was für ein Arzt? Ich brauche keinen Arzt."

„Nehmen Sie ihre Medikamente …"

„Ich nehme keine Medikamente, ich bin doch nicht krank."

„Haben Sie eine Dusche oder eine Badewanne?"

„Das geht Sie gar nichts an!"

„Sind Sie inkontinent? Tragen Sie Einlagen?"

„Es reicht! Was soll diese Fragerei?", ruft Mama empört aus.

„Ich muss das fragen, um Ihre Pflegestufe festzustellen."

„Ich will nichts hören von diesem Unfug! Wir trinken jetzt unseren Kaffee und reden über alte Zeiten."

„Gern. Haben Sie Lust, etwas zu unternehmen?"

„Nicht jetzt und nicht heute."

„Tragen Sie eine Brille?"

Mama zeigt auf ihr Gesicht.

„Und? Trage ich eine Brille? Da haben Sie Ihre Antwort."

„Tragen Sie ein Hörgerät?"

„Noch höre ich sehr gut."

„Werden Sie von Ihrer Tochter oder von einem Pflegedienst versorgt?"

„Versorgt? Meine Tochter hat sich hier einquartiert, das muss ich wohl oder übel ertragen. Sie benutzt meine Küche und mein Bad, als würde sie noch immer hier wohnen. Sie soll verschwinden."

Meint sie, ich soll wieder ausziehen? Oder fühlt sie sich gestört in ihrem Gespräch mit der Frau?

„Gehen Sie nur! Wir schaffen das schon allein."

Während ich die Treppe hinauf in mein Zimmer steige, überlege ich, ob ich die Frau draußen abpassen soll. Ich muss mit ihr sprechen, ihr erklären, dass Mama von einem Moment zum nächsten aggressiv wird, eine Tasse zu Boden wirft oder gar den Stuhl umkippt. Ich will wissen, wie sie die Lage einschätzt und wie es jetzt weitergeht.

Nach einer knappen Stunde geht sie, ohne mit mir gesprochen zu haben.

Zwei Wochen später rufe ich in der Krankenkasse an, weil bis jetzt noch kein Bescheid angekommen ist. Mir wird gesagt, dass die Bearbeitung fünf Wochen dauert und nur Notfälle schneller beantwortet werden. Mama ist kein Notfall.

Jedenfalls nicht für die Krankenkasse, sondern nur für mich. Nie weiß ich, was mich erwartet, wenn ich von der Arbeit nach Hause komme. Dienstags und Donnerstags arbeite ich im Home Office und kann verhindern, dass Mama im Nachthemd auf die Straße läuft oder einen leeren Topf auf den Herd stellt. Sie lässt sich nicht von mir waschen und wirft die Kleider, die ich ihr zurechtlege, auf den Boden. Ich bin am Ende mit meinen Nerven.

Ich muss tatsächlich fünf endlos lange Wochen auf den Bescheid warten. Mama erhält den Pflegegrad

Zwei. Nun kann ich mich nach einem Pflegedienst umschauen.

*****

Bereits am nächsten Morgen kommt die Pflegerin.
„Mein Name ist Peggy."
Was für ein ungewöhnlicher Name, den es in meinem gesamten Bekanntenkreis kein einziges Mal gibt.
„Was für ein Glückstag!", ruft sie aus. „Heute ist der 24. November, in vier Wochen ist Weihnachten."
Vermutlich hält sie ihre Bemerkung für gescheit, doch ich mag nicht an Weihnachten denken.
„Ich komme täglich außer am Wochenende und helfe Ihrer Mutter zwei Stunden beim Waschen und Anziehen und im Haushalt."
„Verlassen Sie sofort mein Haus!", kreischt Mama aufgebracht.
„Zuerst werden wir frühstücken. Im Nachthemd tut man das nicht. Also gehen Sie bitte sofort ins Bad."
Völlig überrascht beobachte ich, dass Mama ohne Widerrede ins Bad marschiert. Dort hatte ich ihr bereits frische Wäsche zurechtgelegt, die sie bisher immer ignorierte.
„Wissen Sie, normalerweise darf ich mich nicht über den Willen des Patienten hinwegsetzen. Aber in diesem Fall betrachte ich Sie als Auftraggeber mit Bestätigung der Pflegekasse."

Von diesem Tag an ist Mama täglich frisch gewaschen und angezogen. Eigentlich kann sie das allein, aber sie braucht den Anschub, den Impuls durch die Pflegekraft. Von mir lässt sie sich nichts sagen. Aber das bin ich gewöhnt und froh, endlich wieder ins Büro fahren zu können. Allerdings arbeite ich nun verkürzt und bin bereits 15 Uhr wieder daheim.

Peggy kommt gegen 9 Uhr. Da liegt Mama meist noch im Bett. Sie hilft beim Waschen und Anziehen, bereitet das Frühstück und wärmt das mitgebrachte Mittagessen auf. Zuerst fand ich es seltsam, direkt nach dem Frühstück Mittag zu essen, aber Mama kennt schon lange weder Zeit- noch Hungergefühl. Sie kann mit einem Mal Unmengen in sich hinein stopfen oder zwei Tage lang gar nichts essen.

„Wichtig ist die Regelmäßigkeit, täglich feste Rituale", erklärt Peggy.

Nach dem Essen schläft Mama auf dem Sofa und steht erst auf, wenn ich nach Hause komme. Wir trinken dann zusammen Kaffee und essen dazu Kekse oder Kuchen. Manchmal schimpft sie empört, dass ich *schon wieder* bei ihr herumhänge. Und manchmal fragt sie, wo ich so lange bleibe, weil schon die ganze Woche nicht da war. Dabei wohne ich nach wie vor im Haus. Manchmal will sie keinen Kuchen, weil er dick macht. Biete ich einen Keks an, fragt sie, warum es heute keinen

Kuchen gibt.

Manchmal muss ich darüber lachen, aber oft kann ich Mamas ständige Unzufriedenheit nur schwer aushalten. Ich lebe nicht *mit* ihr, sondern *neben* ihr im gleichen Haus. Aber ich bin froh, dass sie vom Pflegedienst gut versorgt wird und ich mich nur abends und am Wochenende um sie kümmern muss.

Ich hocke oben in meiner Kammer und lese ein Buch. Mama sitzt unten in der Stube und schaut fern. Jede einsam für sich. Warum können wir nicht friedlich miteinander in der Stube sitzen, ein Glas Wein trinken und von früher erzählen? Aber es gibt nichts zu erzählen, weil wir in nichts einer Meinung sind. Wir lesen nicht die gleichen Bücher und sehen nicht die gleichen Filme, weil die, die ich mag, Mama nicht ausstehen kann. Der Wein, den ich mitbringe, ist ihr zu sauer.

„Essig! Ungenießbar! Schütt´s weg!"

Ihre eigenen Vorräte sind allesamt lieblich und bereiten mir Kopfweh.

„Warum hast du mich eigentlich so oft geschlagen, Mama?"

„Ich habe dich nicht geschlagen. Nie!"

„Aber das musst du doch noch wissen!"

„Wenn es so wäre, wüsste ich´s. Und wenn ich´s getan hätte, hättest du´s verdient. Du warst ein unmögliches Kind und bist es noch. Und jetzt lässt du mich endlich in Ruhe!"

Belügt sie sich selbst? Oder weiß sie es wirklich nicht mehr? Es heißt, dass Demenz nur das Kurzzeitgedächtnis lahm legt, an früher müsste sie sich erinnern.

Früher. Ich weiß noch, dass Mama gern Feste ausrichtete. Nicht nur für Freunde, sondern auch für das gesamte Dorf. Ich habe das gehasst, nur Jenni mochte es, wenn das Haus voller Leute war. Mama konnte wunderbare Menüs zusammenstellen und perfekt den Tisch feierlich decken. Heute nimmt sie nicht einmal eine Serviette und isst nur noch mit einem Löffel. Kochen mag sie gar nicht mehr.

Das letzte große Fest hier im Haus fand vor zwei Jahren statt, als Papa sechzig wurde. Mama hatte das halbe Dorf eingeladen. Die Alteingesessenen, die in kleinen Häusern mit winzigen Stuben wohnten, bewunderten Mamas städtisch großzügigen Stil und die riesige geschmückte Tafel im Esszimmer. Und die Neusiedler erkundigten sich nach dem Rezept des Menüs. Nur Blumen fehlten, auch im Garten, wo es nur Rasen und ein paar Sträucher gibt. Ich bin die einzige in der Familie, die immer frische Blumen in der Wohnung braucht.

Mama trug stets ein dunkelgrünes Kostüm und Papa war ganz in Schwarz. Er fand das edel und sah auch immer gut aus, so groß und schlank. Inzwischen ist er dick geworden, vermutlich durch die vielen Medikamente und die fehlende Bewegung.

Mama feiert keine Feste mehr. Sie bleibt lieber allein im Haus und bringt alles durcheinander.

Früher war Mama übertrieben ordentlich. Ihre Bücher sind alphabetisch nach Verfassern sortiert und die Ordner in Druckbuchstaben beschriftet. Ich fand das immer gut und bewunderte das sehr, aber ich konnte das nie und kann es auch heute nicht. Meine Bücher stapelte ich zu hohen Türmen, weil Timos Lautsprecher und die CD-Sammlungen so viel Platz braucht. Außerdem interessiert sich kein Mensch für die Namen der Autoren, also ist es Unsinn, sie alphabetisch nach Verfassern zu ordnen.

Dabei fällt mir auf, dass Mamas Buch seit Wochen auf dem Esstisch liegt. Liest sie nicht mehr? Oder langweilen sie inzwischen die immer gleichen Märchen über reiche Männer und arme Frauen? Auch die Zeitschrift ist noch die gleiche vom letzten Monat.

„Brauchst du eine Brille, Mama?"

„Wie kommst du darauf?"

Ich zeige auf Buch und Zeitschrift.

Mama zuckt mit der Schulter.

„Was geht es dich an, was ich lese und was nicht?"

„Ich mache mir halt Sorgen."

„Mach sie oder nicht. Aber behalte es für dich."

„Ich will doch nur helfen."

„Beim Lesen? Mach dich nicht lächerlich!"

„Ich kann dir auch eines meiner Bücher geben."

„Glaubst du, dass dein Buch besser ist als meins?

Lass mich einfach in Ruhe!"

Meine vielen Bücher liegen immer noch in den Umzugskisten. Wo soll ich auch hin mit ihnen? Da ich wohl länger hier im Haus bleiben muss, könnte ich Regale kaufen und sie in Jennis Zimmer aufstellen. Aber das erlaubt Mama nicht. Alles soll so bleiben, wie es ist, obwohl Jenni ihr Zimmer nicht mehr braucht. Sie besucht uns nicht einmal, obwohl sie Mamas Liebling war. Mich hat Mama übersehen. Jetzt übersieht sie mich nicht mehr, jetzt schimpft sie, sobald sie mich sieht: „Du bist ja immer noch hier! Geh nach Hause!"

Ich habe kein wirkliches Zuhause mehr, in dem ich mich wohl fühle. Außerdem kann ich Mama nicht allein dem Pflegedienst überlassen. Das bringe ich nicht übers Herz. Ich muss ihr doch helfen.

Mir ist die Familie wichtig, wichtiger als jede andere Beziehung wie Freundschaft oder die Liebe. Die Familie prägt uns für unser ganzes Leben – im Guten wie im Schlechten. Ohne meine Eltern gäbe es mich nicht, auch nicht Jenni.

Jenni sagt, sie habe nicht darum gebeten, geboren zu werden. Das sei allein das Problem der Eltern, die für ihre Kinder sorgen müssen. Eltern sind für die Aufzucht zuständig, danach ist das Projekt Erziehung beendet. Dann geht jeder seinen eigenen Weg und ist niemandem mehr verpflichtet.

So kann ich das nicht sehen. Ich sehe, wie Mama

sich mit den einfachsten Handgriffen plagt. Ich will ihr helfen.

Seit kurzem redet sie mit den Dingen.

„Was stehst du hier herum?", fragt sie den Stuhl. „Du bist mir im Weg."

„Bleib stehen!", ruft sie einem Apfel nach, der ihr aus der Hand fällt und davon kullert.

Nur mit mir spricht sie nicht.

Therapie

Mama will allein zu Abend essen. Ihr schmeckt es nicht, wenn ich neben ihr sitze. Also nehme ich mein Brotzeitbrett mit Brot, Butter, Schinken, Käse und Gewürzgurken mit hinauf in mein Zimmer.

Doch ich bin plötzlich nicht in der Lage zu essen. Meine Hände zittern, sogar der Kopf und auch die Beine. Das macht mir Angst. Zusätzlich quälen mich heftige Stiche in den Schultern, im Rücken und Nacken, als würde mich jemand mit einer dicken Nadel piesacken. Es ist Freitag Abend und ich kann meinen Arzt nicht erreichen. Muss ich jetzt den Notruf benutzen? Doch zuvor werde ich mich im Internet informieren.

Das Zittern ist eine Reaktion auf die Überspannung des Körpers und wird durch Aufregung und Stress erheblich verstärkt.

Ich zittere also, weil ich Stress habe. Auch Schulterschmerzen können eine seelische Belastung bedeuten. Daher kommt auch die Aussage *Last auf den Schultern tragen.* Man soll sich auf eine aktive Problemlösung konzentrieren und etwas von der Last an andere Menschen abgeben. Aber das habe ich bereits getan! Ich habe einen Pflegedienst für Mama organisiert und wohne in ihrem Haus, so dass sie nicht allein sein muss. Allerdings will sie allein sein. Deshalb halte ich mich meist in meinem Zimmer auf, lausche beim Lesen und Schlafen mit einem Ohr in Richtung Mama, damit ich sofort zur Stelle bin, wenn sie mich braucht.

Leider steht in dem Artikel nicht, was gegen meine Schmerzen und das Zittern hilft und was schadet. Ich weiß also nicht, ob ich still sitzen oder liegen oder Gymnastik machen soll.

Weil mich das Zittern und vor allem das Stechen nicht schlafen lässt und auch tagsüber heftig plagt, suche ich gleich am Montag meinen Hausarzt auf.

„Sie haben sich also bei Doktor Google informiert und wissen bereits, was Ihnen fehlt?"

Seine Stimme klingt unfreundlich.

„Es war Freitag. Ich dachte … ich wollte … Man muss doch was tun!"

„Soll ich Sie trotzdem untersuchen?"

„Trotzdem?", frage ich kleinlaut und nicke.

„Ich kann nichts feststellen. Sicherheitshalber werde ich eine Ultraschalluntersuchung veranlassen, um einen Lungentumor oder Bandscheibenvorfall der Halswirbelsäule auszuschließen."

Lungentumor? Du liebe Güte!

„Das wird sich alles klären."

„Und bis dahin? Was soll ich tun?"

„Sie vereinbaren einen Termin bei einem Psychotherapeuten!"

„Können Sie mir einen Therapeuten empfehlen?"

„Können kann ich, aber Sie können genauso gut Ihren Doktor Google fragen."

Laut Internet hilft eine Therapie bei Störungen des Denkens, Fühlens, Erlebens und Handelns. Ich bin nicht gestört! Ich kann ganz normal denken, fühlen und handeln. Was soll ich also dort?

Trotzdem rufe ich die erstbeste Praxis an, die mir mein Computer vorschlägt. Schon am nächsten Montag soll ich morgens 8 Uhr da sein. Zeitlich passt es gut, da kann ich anschließend ganz normal zur Arbeit gehen.

*****

„Reden Sie frei von der Leber weg!"

„Worüber soll ich reden?"

„Was Ihnen so einfällt."

Mir fällt nur ein, dass ich das Zittern und Stechen loswerden will. Schließlich berichte ich, dass ich meinen Mann vernachlässigte und mich um meine kranke Mutter kümmere. Die Frau sagt nichts und stellt auch keine Fragen. Hört sie mir überhaupt zu?

„Ich wohne jetzt bei meiner Mutter. Aber sie will, dass ich wieder ausziehe, weil ich ihr auf die Nerven gehe. Aber ich will doch nur helfen! Außerdem weiß ich nicht, wohin ich gehen soll, denn ...“

Die Frau schaut demonstrativ auf die Uhr, lächelt und sagt, dass wir uns in einer Woche um die gleiche Zeit wiedersehen.

Völlig verwirrt verabschiede ich mich. Ich habe exakt 45 Minuten gesprochen, dann musste ich gehen. Läuft eine Therapie immer so ab? Ich sehe keinen Sinn darin, wenn ich keinen Rat bekomme und auch keine Tipps, wie ich das Zittern loswerde. Auch hat die Frau kein Wort darüber verloren, wie die Behandlung verläuft und wie lange sie dauert.

Eine Woche später fragt sie plötzlich, ob ich tätowiert bin.

„Nein“, sage ich erschrocken. „Ich bin nicht tätowiert, natürlich nicht.“

„Natürlich? Sie finden es also natürlich, nicht so zu sein wie die anderen Menschen in Ihrem Umfeld.“

„Timo, also mein Mann ...“, ich räuspere mich, „mein Mann ist tätowiert.“

Auf dem linken Oberarm hat er sich eine riesige Spinne mit Totenkopf stechen lassen und darüber

250

das Wort Metallica. Totenköpfe sind gruselig. So etwas sollte man niemals zum Spaß am Körper herumtragen. Timo glaubt, mit einem Tattoo individuell zu sein, dabei gehört er nur zu einer Gruppe, die es genauso macht wie er. Die meisten meiner Kollegen sind tätowiert und verbergen ihre seltsamen Muster und Zeichen nicht unter ihrer Kleidung. Ganz im Gegenteil. Sie tragen kurze Hosen, damit man das Tattoo auf der Wade sieht und kurze Ärmel aus dem gleichen Grund. Eine Kollegin trägt sogar im Winter bauchfreie Pullis, um auf der Hüfte und dem Rücken tätowierte Blumengirlanden zu zeigen.

„Ich finde es scheußlich und verstehe nicht, warum jemand so etwas macht. Gesund ist das nicht."

„Meinen Sie physisch oder psychisch?"

Weil jeder Dritte tätowiert ist, muss ich das nicht gut finden. Nicht alles, was die Leute für normal halten, ist auch für mich automatisch normal. Ich bilde mir lieber eine eigene Meinung und übernehme nicht leichthin die von anderen. So kommt es, dass ich oft Bücher, Filme oder Personen nicht mag, die andere für wertvoll halten, sondern Dinge bevorzuge, die sie ablehnen.

Krampfhaft überlege ich, worauf die Ärztin hinaus will, komme aber nicht dahinter.

„Beides", antworte ich schließlich. „Diese Leute sind krank in ihrer Seele und schaden ihrem Körper."

Die Frau macht sich Notizen. Misstrauisch beobachte ich sie dabei.

„Erzählen Sie!", fordert sie.

„Wovon soll ich erzählen?"

„Was sie wollen. Was Ihnen durch den Kopf geht im Moment."

Mir geht durch den Kopf, dass ich hier meine Zeit vertrödle. Ich mag die Frau nicht. Aber das will sie sicher nicht hören.

„Ich spreche nicht gern über mich. Außerdem habe ich beim letzten Mal bereits alles gesagt."

Unruhig rutsche ich auf meinem Sessel hin und her und fühle mich überhaupt nicht wohl. Am liebsten würde ich einfach aufstehen und gehen.

Nach einer Weile verkündet sie, dass ich hochsensibel bin. Das sagt sie, als sei es eine medizinische Diagnose. Dabei ist sensibel nur eine Eigenschaft.

„Die meisten Leute halten mich für überempfindlich und gleichzeitig für kalt und nervig."

Die Frau lächelt.

„Hochsensible sprechen auf innere und äußere Reize stärker an. Sie meiden Umgebungen, die laut sind und können sich nicht konzentrieren, wenn zum Beispiel Kollegen um sie herum reden. Sie ertragen keine lauten Geräusche und genießen Musik lieber leise als auf einem Konzert."

Das trifft alles auf mich zu. Wort für Wort.

„HSP …"

„Wie bitte?"

„HSP – hochsensible Personen – unterscheiden sich *dra-ma-tisch* von normalen Menschen."

Ich bin also nicht normal. Das heißt, Timo, Jenni, Mama und meine Kollegen haben Recht.

„Was kann ich dagegen tun?"

„Öffnen Sie das Fenster …"

Ich stehe auf und gehe zum Fenster.

Die Frau lacht.

„Doch nicht hier! Daheim sollen Sie das Fenster öffnen, tief Luft holen, in sich hinein atmen und Ihre Besonderheit annehmen."

Annehmen? Warum sollte ich das wollen? Wenn meine Besonderheit nicht normal ist, möchte ich sie lieber ablehnen. Aber wie macht man das? Ich bin ich, also in mir drin.

„Was soll ich denn tun?", frage ich verzweifelt.

„Gehen Sie spazieren!"

Oma geht gern spazieren. Ich sehe keinen Sinn darin, herumlaufen, ohne etwas Nützliches zu tun. Ich möchte vor allem nützlich sein, helfen, Gutes tun.

„Machen Sie Yoga!"

„Diese chinesischen Turnübungen?"

Ich bin kein Chinese, denke ich verärgert.

„Yoga mindert Stress und hilft, Gedanken- und Verhaltensmuster zu ändern. Wichtig dabei ist das richtige Atmen."

Ich nicke und denke, dass es irrsinnig ist, sich auf eine Bodenmatte zu legen, um beim *richtigen* Atmen zu lernen, sich richtig zu verhalten.

„Und davon geht das Zittern weg?"

Die Frau lächelt, als ob sie mir eine Dummheit verzeiht.

„Spüren Sie in sich hinein und entdecken Sie, was Ihnen Freude macht!"

Dazu muss ich nicht *in mich hinein spüren*, ich weiß auch so, dass mir vor allem das Lesen Freude macht. Doch dazu habe ich keine Zeit, seit Mama krank ist. Ich will ihr helfen. Das ist wichtiger als gemütlich im Sessel zu sitzen und zu lesen.

„Sie müssen lernen, sich selbst wichtig zu nehmen, Sie müssen an erster Stelle stehen und auf Ihr Wohlbefinden achten."

Empört schaue ich die Frau an. Ihr Rat gefällt mir nicht. Ich soll ein Egoist sein, der immer nur an sich denkt? Das will ich nicht, das kann ich nicht und das will ich auch nicht können. Ich will helfen, ich will, dass sich Mama wohl fühlt.

„Ihre Mutter braucht Hilfe, aber sie will keine Hilfe von Ihnen."

Und weil sie keine Hilfe will, soll ich wegschauen und sie sich selbst überlassen? Das kann ich nicht und das will ich nicht.

Wütend entgegne ich: „Wer eine Not erblickt und wartet, bis er um Hilfe gebeten wird, ist ebenso schlecht, als ob er sie verweigert hätte."

Lachend erwidert die Frau: „Das klingt ja überaus klug."

„Das *ist* auch klug und obendrein wahr."

Die Frau hebt ihre Augenbrauen, als ob sie an meinen Worten zweifelt oder sie nicht gut findet.

„Der Spruch stammt von einem italienischen Dichter, also nicht von mir, aber er beschreibt genau meine Einstellung."

„Man sollte fremde Sprüche nicht ernst nehmen."

„Meist nehmen die Leute Zitate ernster als meine eigenen Worte."

„Wie dem auch sei", die Therapeutin räuspert sich, „Wichtig ist, dass Sie die Vorwürfe Ihrer Mutter nicht ernst nehmen, weil die nichts mit Ihnen zu tun haben."

Natürlich haben alle Vorwürfe mit mir zu tun, weil sie gegen mich gerichtet sind. Mama erträgt *meine* Nähe nicht, Jenni ist wütend, wenn *ich* sie nicht lobe und Timo war sauer, wenn *ich* seine laute Musik nicht hören wollte.

„*Ich* bin das Problem, nicht die anderen."

Die Frau lächelt wieder. Macht sie sich lustig über mich?

„Wer wütend wird, hat ein Problem. Es ist allein *sein* Problem, nicht Ihres. Sie müssen sich seine Kritik nicht annehmen."

Schlau reden kann ich selbst. Doch wenn Mama mich beschimpft, muss ich das ernst nehmen. Ich will auch nicht Jenni oder Timo durch mein Verhalten kränken.

„Ich werde nicht mehr wiederkommen."

„Das müssen Sie auch nicht, denn Hochsensibilität ist weder eine Krankheit noch eine Störung, muss also nicht behandelt werden."

„Was ist es dann?"

„Einfach ein besonderes Persönlichkeitsmerkmal."

Nun bin ich so schlau wie zuvor. Ich soll also einfühlsam bleiben und mich gleichzeitig wichtiger nehmen als alle anderen. Ich soll Kritik ignorieren und akzeptieren, dass Mama meine Hilfe nicht will. Statt zu helfen soll ich spazieren gehen und lesen. Das kann ich nicht. Das bin ich nicht. Ich will lieber so bleiben, wie ich bin, obwohl man sich ständig weiterentwickeln soll. Ich lerne gern dazu, doch ab einem gewissen Alter sollte man wissen, wer man ist und was man will.

Ich will helfen.

Schluss

Was wäre, wenn unsere kleine Marie nicht gestorben wäre? Wäre mein Kind dann wichtiger als Mama? Ganz sicher! Aber die Kleine könnte tagsüber im Kindergarten bleiben und anschließend mit mir zu Mama fahren. Hätte mich Timo weggeschickt, wenn wir ein Kind hätten? Hätte. Wenn und Aber. Es ist, wie es ist.

Jeder hat die Wahl. Ich wählte Hilfe für Mama und

muss nun mit den Folgen aus dieser Entscheidung leben: dem Ende meiner Ehe. Meine Wohnung ist nicht mehr meine Wohnung. Dort lebt Timo mit einer Frau, die Motorräder und laute Musik liebt und mit ihm ins Kornfeld geht. Dabei ist er noch immer mein Mann, doch leider nur auf dem Papier. Ich wünsche mir, dass er seine Motorradbraut fortschickt. Vielleicht ist er ihrer längst überdrüssig geworden und sehnt er sich nach mir.
Ich werde ihn anrufen und fragen, wie es ihm geht.

Genau in diesem Moment klingelt mein Handy. Aber es ist nicht die Melodie, auf die ich gehofft hatte, die immer ertönt, wenn Timo anruft *I wü nur zruck zu dir*. Ja, ich will zurück zu ihm und hatte gerade jetzt auf seinen Anruf gehofft. Es ist auch nicht Mama, da würde der Anfang von *Mama Mia* erklingen. Es ist nur ein ganz normal nerviger Klingelton, den ich am liebsten ignorieren würde, weil ich nicht weiß, wer dran ist. Doch das wage ich nie. Also nehme ich das Gespräch an.
„Hallo, Frau Winter, schön, dass ich Sie erreiche."
Ein Werbeanruf. Den erkenne ich sofort an dieser immer gleichen Begrüßung.
„Ich brauche nichts!", sage ich barsch und lege auf. Das mache ich sonst nie, weil mir diese Leute leid tun. Sie haben einen sehr undankbaren Job und machen nur ihre Arbeit. Das ist kein Grund, unfreundlich zu ihnen zu sein. Sie können nichts da-

für, dass ich im Moment verärgert bin.

Ich bin verärgert, weil mich Timo nicht anruft und mich bittet, wieder nach Hause zu kommen. Er ist mein Mann. Wir gehören zusammen in guten und in schlechten Zeiten, in Gesundheit und Krankheit, für immer.

Nichts ist für immer, hat Timo gesagt.

Abends, wenn ich allein im Bett liege und überlege, was ich falsch gemacht habe, vermisse ich ihn ganz besonders. Ich finde keine Ruhe und lausche gleichzeitig, ob Mama mich ruft. So sehr ich mich auch bemühe, ich mache ihr nichts recht. Ich sollte sie dafür hassen. Doch ich kann nicht. Ich kann sie auch nicht verlassen, obwohl man sich von Menschen, die einem nicht gut tun, trennen soll.

Die Therapeutin erklärte mir, dass das Sensible ein Merkmal des Charakters ist. Meines Charakters, meiner Wesensart. Diese besondere Empfindlichkeit gehört also zu mir wie meine Füße, meine Hände, mein Kopf, mein Herz. Daran ist nichts zu ändern. Ich muss und darf so bleiben, wie ich bin.

Ich bin verantwortlich für das, was ich tue, aber nicht dafür, was andere davon halten.

*Niemand ist nutzlos in dieser Welt,
der einem anderen die Bürde leichter macht.*

Charles Dickens

Der andere Vater – Roman von Petra Weise

„Warum ich weine? Weil mein Vater gestorben ist!"
„Er ist gar nicht dein Vater."

Marion ist erst zwölf Jahre alt, als man ihr diese harten Worte an den Kopf wirft. Sie verliert mit ihrem Vater, der gar nicht ihr Vater ist, den einzigen Menschen, der sich bisher liebevoll um sie gekümmert hat.

Erst zwanzig Jahre später hält sie einen Zettel mit wichtigen Daten aus ihrer Vergangenheit in der Hand. Sie macht sich sofort auf den Weg in das tausend Kilometer entfernte Heimatdorf ihres „anderen" Vaters, obwohl sie weiß, dass sie ihn dort nicht finden wird.
Doch sie findet etwas, was ihr immer gefehlt hat.

Petra Weise wurde 1954 in Freiberg/Sachsen geboren und lebt nach zahlreichen Wohnungs-wechseln durch Hessen und Bayern seit 1993 wieder in ihrer Heimat Sachsen.

Sie liebt das Erzgebirge mit all seinen Traditionen. Wenn sie nicht schreibt, malt oder liest, wandert sie gern durch den Wald oder spielt Klavier.

www.autorinpetraweise.de